L'AMOUR VICTORIEUX

BARBARA CARTLAND

L'AMOUR
VICTORIEUX

roman

traduit de l'anglais
par Marie Arlaud et Daniel Richez

TREVISE

Ce roman a été originellement publié
par Bantam Books sous le titre :
Look, listen and love

ISBN 2-86552-162-1

NOTE DE L'AUTEUR

L'une des premières œuvres de Léonard de Vinci, *La Vierge au rocher*, peinte en 1485, est exposée au musée du Louvre, à Paris. Cette toile constituait le panneau central d'un autel commandé par la Communauté de l'Immaculée Conception de Milan.

La Madone de Van Eyck (1380-1441), se trouve au musée Dahlem de Berlin. *Saint George et le Dragon* de Raphaël à la *National Gallery*, à Washington.

Le *Portrait de jeune fille* du musée Stault de Berlin a été peint par Petrus Cristus, contemporain de Jan Van Eyck, et probablement son élève. Comparée aux œuvres de son maître, la toile de Cristus paraît dépourvue de la spiritualité et de la lumière divine qui caractérise celles de Van Eyck. Bien que de noble facture, c'est une œuvre froide et peu émouvante.

CHAPITRE PREMIER

1904

— Tempera! Tempera!

Celle que l'on appelait avec autant d'énergie quitta ses travaux de couture, sortit de sa chambre, traversa le couloir en courant et se pencha sur la rampe du palier. Une femme l'attendait au pied de l'escalier, belle comme un oiseau des îles avec sa toque ornée de plumes d'oiseau de paradis et sa veste de fourrure d'où dépassait une longue robe de soie verte. C'était lady Rothley, la belle-mère de Tempera. Dès qu'elle vit la jeune fille, elle s'écria :

— Tempera, j'ai réussi, descends vite que je te raconte!

Pendant qu'elle dévalait l'escalier, lady Rothley se débarrassait de sa veste de fourrure, la jetait sur un fauteuil du petit salon et s'écriait :

— Il m'a invitée dans son château dans le Midi de la France!

Tempera poussa un cri de joie :

– J'étais certaine que le Duc finirait par succomber à tes charmes !

Lady Rothley répondit franchement :

– Je n'en étais pas si sûre !

La toque de velours suivit la veste de fourrure dans un envol de plumes. Lady Rothley s'approcha du miroir qui surmontait la cheminée. Elle se sourit ; elle était ravissante.

Tempera s'approcha, joyeuse :

– Raconte ! Quand dois-tu partir ?

– Vendredi.

– Si vite ? Mais nous n'aurons que trois jours pour préparer tes affaires !

– Trois jours ou trois minutes, je partirai. Il m'attend ! C'est tout ce qui compte.

– Bien sûr, mais il te faut de nouvelles robes !

Lady Rothley, qui se contemplait toujours dans le miroir, se retourna avec vivacité :

– C'est évident, ma chérie ! Je n'ai plus rien à me mettre ! Et, il faut que je trouve l'argent pour les payer.

Devant l'incrédulité amusée qui se lisait sur le visage de sa belle-fille, elle ajouta, avec une moue attendrissante :

– C'est vrai, je t'assure. Tout ce que j'ai, date affreusement. Et puis, dans le Midi, il fait déjà chaud. En mars, là-bas, c'est presque l'été!

— Sans doute, mais nous n'avons plus d'argent!

— Il ne reste rien à bazarder?

— A part le tableau que nous gardions pour les mauvais jours, pas grand-chose.

— Eh bien vends-le, c'est le moment ou jamais. Je ne peux décevoir le Duc, il est amoureux, j'en suis sûre! A propos, qu'est-ce que c'est, cette peinture?

— Lorsqu'il l'a vu, le Duc a assuré que c'était un Titien. Tu sais qui est Titien, bien entendu?

Devant l'air interrogateur de sa belle-mère, la jeune fille éclata de rire :

— Jolie belle-maman, tu en as sûrement entendu parler. Tu devrais faire un effort pour te souvenir de lui car tu ressembles à ses tableaux : *La Vénus et le joueur de luth*, et *La Vénus au miroir!*

— Est-ce un compliment? demanda lady Rothley perplexe.

— Et assez élogieux, crois-moi!

C'était vrai, lady Rothley ressemblait aux voluptueux modèles du Titien. Elle avait la même chevelure opulente d'un blond chaleureux auquel le peintre avait donné son nom, le même visage à l'ovale délicat, aux lèvres pleines, les mêmes yeux expressifs; en un mot, tout ce qu'il fallait pour séduire le duc de Chevingham!

Elle l'avait rencontré par hasard à une fête, il l'avait remarquée et elle avait dès lors été invitée à des soupers fins, des soirées, des sorties. Grâce à lui, elle côtoyait le meilleur monde. Tempera, ravie de voir sa belle-mère fréquenter cette élite, se disait que lady Rothley avait toutes les chances d'y trouver un mari.

Dans un premier temps, elle n'avait pas pensé que le Duc lui-même pouvait être un prétendant, mais son invitation au château de Chevingham, dans le Midi de la France, changeait peut-être les perspectives. S'il était amoureux, tous les espoirs étaient permis.

Sans la moindre hésitation, lady Rothley décida :

– Il faut que je renouvelle ma garde-robe!

Tempera acquiesça :

– C'est indispensable! Mais, avant de sacrifier le Titien, je vais essayer de vendre au meilleur prix une gravure de Dürer. Cela suffira peut-être. Sinon, ce vieil ami de papa, conservateur à la National Gallery, trouvera un amateur pour la toile du Titien!

– Et moi, je fais un saut chez Lucille pour voir ce qu'elle peut me faire d'ici vendredi, déclara lady Rothley.

Tempera fit une grimace : la note serait salée! Lucille était la meilleure couturière de Londres, mais aussi la plus chère.

Pourtant, c'était la seule chose à faire : l'enjeu était trop important. Après avoir pris son chapeau et passé un manteau, Tempera entra dans le bureau de son père pour y décrocher le petit Dürer. Sur les murs, des taches claires dénonçaient l'emplacement des tableaux déjà vendus. La pièce paraissait vide.

Après la mort de son père, Tempera avait compris que l'héritage ne ferait pas long feu au train où sa jolie veuve le dépensait. Sir Francis Rothley avait été un expert recherché en matière d'art. Mais il avait vécu avec insouciance, sans s'occuper de l'avenir. Les revenus du ménage, qui provenaient de ses expertises et des consultations qu'il donnait en tant que fidéi-commis et conseiller de plusieurs galeries d'Art, avaient disparu avec lui.

Aussi, lorsque Tempera avait dressé un inventaire de leurs biens et l'avait mis sous les yeux de sa belle-mère, celle-ci avait ouvert de grands yeux :

– Comment allons-nous nous en tirer? avait-elle demandé avec plus de curiosité que d'émoi.

Alaine avait eu une enfance dorée. A vingt ans, elle s'était fiancée à un jeune homme qui avait été tué aux Indes. Pour l'aider à se remettre du choc, ses parents l'avaient envoyée à Londres chez une vieille tante. C'est là, qu'à vingt-quatre ans, elle avait rencontré sir Francis Rothley. Veuf depuis peu, il n'avait pas résisté à la beauté de la jeune femme et avait demandé sa main. Elle avait accepté, pas seulement pour échapper à sa tante et à la grisaille de son entourage. Elle était incapable de sentiments profonds et de violentes passions, mais charmante, d'humeur égale, facile à vivre, voulant plaire et être aimée, elle évitait les discussions et s'efforçait de ne contrarier personne. Complètement dépourvue d'arrogance, et de prétention, très belle avec beaucoup de gentillesse et de simplicité, elle avait aimé son mari à sa façon. Tous ceux qui l'approchaient l'aimaient et Tempera plus que tout autre. Comment aurait-il pu en être autrement? Sa belle-mère, se conduisait comme une enfant sur laquelle elle devait veiller, ou comme une débutante sans défense.

Devant les chiffres qui dansaient sous ses yeux, et après que Tempera lui eut expliqué ce qui resterait une fois réglés les frais de l'enterrement et les dettes les plus urgentes, elle avait soupiré :

– Il faut que nous nous marions!

Tempera l'avait regardée, incrédule :

– Nous marier?

– Oui, et le plus vite possible! Il n'y a pas d'autre solution. Nous avons besoin de trouver des maris qui subviennent à nos besoins. De toute manière ni toi ni moi n'avons envie de finir vieilles filles!

Tempera avait réfléchi un moment avant de répondre :

– D'accord, mais c'est à toi d'ouvrir la chasse! Quand tu auras trouvé l'oiseau rare, tu m'aideras à me caser.

– Je ne t'oublierai pas, ma chérie. Mais tu as raison, je suis plus âgée que toi, je n'ai pas une minute à perdre.

Elle s'était souri dans la glace avant d'ajouter, d'une voix enjôleuse :

– Je n'aurai pas trop de mal à trouver un mari.

– Je ne le pense pas non plus.

Pourtant, Tempera songeait que les choses n'étaient pas si simples. Les prétendants ne manqueraient pas pour Alaine car c'était une beauté. Mais les hommes qui aimaient papillonner autour d'elle iraient-ils jusqu'à la demande en mariage quand ils apprendraient qu'elle était veuve et pauvre? Rien n'était moins sûr.

Intelligente et vive, Tempera avait eu une enfance paisible. Elle n'avait pris part à aucun événement mondain et, contrairement à la plupart des jeunes filles de la bonne société, elle n'était pas une débutante. Toutefois, la profession de son père l'avait mise en contact avec de nombreux aristocrates et collectionneurs d'art.

Son père les recevait volontiers, ensuite, avec son humour inimitable, il lui décrivait ses visiteurs et faisait de chacun un portrait vivant, parfois caricatural. Il passait au crible leurs tenants et aboutissants, leurs origines, l'authenticité de leur fortune et celle de leurs biens. Au cours de ces entretiens, elle avait acquis une solide culture artistique, un sens critique très sûr et une connaissance approfondie du monde, auquel elle n'était pourtant mêlée qu'indirectement.

Tout cela se révéla fort utile lorsqu'elle se retrouva seule avec une belle-mère qui menait une vie très mondaine et ne ratait ni bal, ni réception.

Grâce à ses souvenirs et aux rapports que lui faisait Alaine au retour de ses soirées, Tempera, du fond de sa chambre, n'ignorait rien des potins qui agitaient la société londonienne. Les intrigues de la Cour, n'avaient pas de secrets pour elle. Mais ce monde lui paraissait aussi faux que la neige artificielle dont on recouvrait les arbres de Noël dans les magasins au moment des fêtes. Douée d'un flair très sûr, elle dirigeait de loin sa belle-mère, et s'informait très soigneusement sur le compte de ceux qui la poursuivaient de leurs assiduités. Elle tenait à savoir à quoi s'en tenir sur la valeur réelle des prétendants.

— Sais-tu qui j'ai rencontré, hier soir, disait lady Rothley en grignotant dans son lit les toasts du petit déjeuner, l'homme le plus charmant de la terre! Lorsqu'il m'a baisé la main en me quittant, c'était délicieux!

— Comment s'appelle-t-il?

— Lord Lemsford. Tu le connais?

– Je n'en suis pas sûre, mais je vais regarder dans le *Debrett* [1].

Tempera s'était levée pour chercher ces renseignements, pendant que lady Rothley, avec une moue gourmande, remplissait à nouveau sa tasse, beurrait un autre toast, et protestait :

– Mais je n'ai qu'un œuf!

Tempera se retourna pour répondre :

– Pense à ta ligne, ma chérie, tu entres à peine dans tes robes!

– Je meurs de faim, répliqua lady Rothley d'une voix plaintive.

Tempera répondit avec fermeté :

– Tes dîners en ville ne te valent rien, cette nourriture est bien trop riche! Cela te fait du bien de te mettre un peu à la diète quand tu es à la maison... et puis cela nous permet de réaliser des économies!

Lady Rothley ne répondit pas : elle dégustait son œuf à la coque avec des mines de chatte. Tempera savait que, dès qu'elle aurait tourné le dos, Alaine s'empresserait d'étaler une épaisse couche de beurre, et autant de marmelade d'orange sur les toasts qui étaient gardés au chaud sous une serviette.

---

1. Debrett : Bottin mondain édité depuis 1822. (*N.d.T.*)

Lady Rothley était gourmande et constamment déchirée entre la nécessité de garder sa ligne et la tentation de se resservir des plats délectables qui lui étaient proposés lorsqu'elle sortait dîner.

Tempera feuilletait le *Debrett*. Lady Rothley leva les yeux :

— Eh bien? Tu trouves?

— Trente-neuf ans, une maison à Londres, un château dans le Somerset, membre de tous les clubs dignes de ce nom!

Ménageant son effet, elle acheva :

— Une femme et cinq enfants!

Lady Rothley poussa un soupir ennuyé :

— Quel dommage! Il est si charmant! Comment aurais-je pu imaginer une chose pareille? Les hommes mariés devraient porter une marque de distinction au front, ou une chaîne à leur poignet!

Tempera répondit en riant :

— Cela ne fait rien, ma chérie, sa femme t'invitera peut-être à l'une de leurs réceptions où tu trouveras un célibataire qui te conviendra mieux que celui de la semaine dernière qui était au bord de la ruine! Celui-là, j'ai commencé à avoir des doutes quand j'ai vu qu'il ne faisait plus partie d'aucun club sérieux!

Pour se rendre à la National Gallery, Tempera prit l'omnibus jusqu'à Trafalgar Square. Elle s'efforçait de ne pas penser qu'un des derniers souvenirs de son père allait être sacrifié sur l'autel de la mode. Elle avait choisi la gravure de Dürer de préférence à une œuvre plus importante pour éviter de tout dilapider d'un coup. Elle voulait garder des réserves en cas de coup dur.

La maladie pouvait les frapper, il faudrait réparer la toiture un jour ou l'autre, et Agnès, leur vieille servante, pouvait se retirer.

Agnès, avait veillé sa mère pendant ses derniers moments. Tempera ne pouvait imaginer la petite maison de Curzon Street sans elle. Mais elle allait sur ses soixante-dix ans et ne pourrait s'occuper encore longtemps des soins de la maison, du ménage, des courses, des repas.

Tempera se sentait capable d'assumer une partie de ces tâches, mais sa belle-mère lui prenait la plus grande partie de son temps. C'était elle qui préparait les toilettes d'Alaine, les entretenait, transformait ses chapeaux et ses robes, ajoutant quelques rubans ou un bouquet de fleurs pour les rajeunir.

*_**

Elle ne rentra à Curzon Street qu'après 6 heures. A cette heure, les magasins étaient fermés et sa belle-mère l'attendait allongée sur un sofa du salon. Vénus dormant! Mais dès que Tempera ouvrit la porte, elle se redressa et demanda avec vivacité :

– Combien?

– Soixante-quinze livres!

Lady Rothley se leva d'un bond et s'écria :

– Je sais ce que je vais en faire.

– Tu ne vas pas tout dépenser!

L'expression d'Alaine changea. Tempera reprit :

– J'en garde vingt-cinq. Je te laisse le reste!

– Tant pis, c'est mieux que rien, j'essaierai de m'en arranger.

D'une voix conciliante, Tempera poursuivit :

– Je vais t'aider, je pense que je peux tirer quelque chose des chapeaux que tu as portés l'été dernier et de la robe que tu avais à Ascot, la couleur te va tellement bien!

Sa belle-mère n'écoutait pas. C'était surprenant quand on parlait chiffon.

– Qu'as-tu? demanda Tempera, légèrement inquiète. Tu me caches quelque chose?

Lady Rothley avoua, gênée :

– Le Duc m'a demandé d'amener ma femme de chambre!

Tempera se laissa tomber sur une chaise.

– Mais tu n'en as pas!

– Il m'a dit : « Soyez vendredi matin, à dix heures à la gare de Victoria avec votre domestique. Le colonel Anstruther vous attendra pour s'occuper de vous. »

– C'est son majordome?

– Oui, et il est charmant. Je l'ai rencontré à plusieurs reprises à Chevingham House : un vrai gentleman en qui le Duc semble avoir toute confiance.

Après un silence pesant, Tempera revint au cœur du sujet :

– Est-il vraiment indispensable que tu aies une femme de chambre?

– Les autres en auront et tu sais bien que je suis incapable de faire quoi que ce soit!

– Cela ne sera pas facile, observa Tempera il faudra que je lui explique ce qu'elle aura à faire et il ne nous reste guère de temps. Sans parler de la dépense.

Comme si elle n'avait pas entendu, lady Rothley déclara :

— A l'agence de Mount Street, ils nous trouveront certainement quelqu'un.

— Tu pourrais inventer une excuse, suggéra Tempera, et raconter que ta femme de chambre est tombée malade au dernier moment ou qu'elle est trop âgée pour entreprendre ce voyage. A moins que tu ne trouves une Française sur place, de toute façon les domestiques ne doivent pas manquer chez les Chevingham !

Lady Rothley se récria :

— Une Française, tu n'y penses pas ! Je ne pourrais pas me faire comprendre. Et tu me vois arriver avec mes bagages sans personne pour m'aider à les défaire ?

— va pour la femme de chambre, mais elle va te coûter le prix d'une robe !

— Impossible ! J'ai déjà passé la commande. J'ai tout dépensé. Sais-tu que Dottie Barnard sera là ? Elle se change à chaque dîner et porte de magnifiques bijoux.

Tempera coupa froidement :

— Bien sûr ! Son père, sir William, est l'un des hommes les plus riches d'Angleterre.

— Je le sais, c'est pour cela qu'il est si bien avec le Roi et la tribu des Rothschild !

Lady Rothley ajouta plaintivement :

– Quelle plaie de ne pas avoir d'argent!

– Si tu épouses le Duc tu n'en manqueras pas.

– Ce n'est pas une raison pour que j'arrive vêtue comme une mendiante et que je subisse les remarques désobligeantes d'une femme de chambre dès qu'il y aura un point à faire à l'une de mes robes. C'est grâce à toi que j'ai conservé mes vêtements si longtemps. Je n'en peux plus, eux non plus! J'ai besoin des robes que j'ai commandées.

– Tu mettras aussi les autres. C'est vrai, il faudrait que tu aies quelqu'un près de toi qui sache tenir une aiguille pour les conserver en bon état.

– Mais ces filles sont des idiotes. Tu te souviens de celle que nous avons eue juste avant la mort de ton père? Je l'entends encore, cette mégère: « Vraiment, M'Lady, vos sous-vêtements tombent en lambeaux! » Quelle horrible bonne femme. Je la détestais!

Tempera éclata de rire.

– Elle n'a pas fait long feu. Et après son départ, nous avons trouvé tout le raccommodage empilé au fond d'un tiroir!

– Ne m'en parle pas. Et l'autre horreur, comment s'appelait-elle?

– Arnold?

– C'est cela, Arnold! Qui prenait son thé chaque fois que j'avais besoin d'elle et refusait de répondre tant qu'elle n'avait pas fini

– Il faudra en trouver une qui n'aime pas le thé, dit Tempera en riant.

– Bah! elles sont toutes pareilles, c'est une vraie manie chez les domestiques. Lorsque j'en faisais la remarque à ton père, il répondait qu'il valait mieux leur laisser boire du thé que de les inciter à goûter le gin! Tu trouves que c'est une réponse? D'ailleurs que les domestiques fassent ce qu'ils veulent, qu'ils boivent du champagne si cela leur fait plaisir, mais qu'ils se tiennent à ma disposition lorsque j'ai besoin d'eux. Quelle engeance!

Lady Rothley s'adossa aux coussins, nerveuse et irritée.

Dans sa chambre Tempera enleva son chapeau et son manteau. Jolie sans être sophistiquée, elle gonfla ses cheveux auburn qui retombaient en vagues sur ses épaules. Au lieu de les ramener en chignon, comme le voulait la mode, elle les nouait sur la nuque. Ainsi coiffée, elle ressemblait aux Madones des primitifs italiens.

Après avoir rangé ses vêtements, elle s'assit pour réfléchir. La garde-robe d'Alaine était vraiment en piteux état. Ses bas et ses jupons étaient tellement reprisés que n'importe quelle élégante les aurait jetés à la poubelle depuis longtemps. Mais comment faire, sans argent? Toujours préoccupée par ce souci, elle redescendit et lady Rothley s'écria, en la voyant entrer :

— Si seulement tu pouvais m'accompagner!

— Ce n'est pas l'envie qui m'en manque, répondit Tempera. Je donnerais cher pour aller aussi dans le Midi. Papa m'en a tellement parlé! Il avait séjourné chez lord Salisbury, à Beaulieu, il avait visité les collections d'Alice de Rothschild, de véritables trésors. Tu en as de la chance, tu pourras les voir aussi!

— Je me moque bien de ces trésors! C'est le Duc qui m'intéresse! J'aimerais avoir quelque chose à répondre lorsqu'il me montrera ses tableaux.

— C'est vrai qu'il est grand amateur d'art, répondit Tempera. La collection de peintures de Chevingham House est très célèbre.

— S'il m'en parle, qu'est-ce que je répondrai? Je suis incapable de me souvenir des noms de peintres : Rubens, Raphaël, pour moi c'est du pareil au même.

— Dans ce cas, ne dis rien. Regarde et tais-toi, c'est ce que disait papa lorsqu'il faisait un cours.

Tempera sourit et ajouta avec douceur :

– Tu es si jolie que tu n'as pas besoin d'ouvrir la bouche!

– Ce n'est pas toujours possible. Quand on me demandera si je préfère un Petronella ou un Pepiana ou un Popocatepelt, tu ne seras pas là pour me souffler la réponse. Alors?

Lady Rothley s'arrêta, une lueur malicieuse dans le regard :

– Tempera, pourquoi ne viendrais-tu pas avec moi?

– Quoi?

– Personne ne te connaît, tu n'es jamais sortie d'ici. Je serais si contente de t'avoir avec moi, tu me surveillerais et tu m'aiderais.

– Tu veux que je joue le rôle de ta femme de chambre?

– Oui, pourquoi pas? Tu t'occuperas de mes vêtements, tu me diras quels tableaux il faut admirer. Je me demande bien pourquoi les gens accrochent tant de tableaux aux murs!

– Mais suppose que le Duc découvre qui je suis. Il connaissait mon père.

– Comment pourrait-il te reconnaître? Tu ne voyageras pas sous ton vrai nom. Il ne se doute peut-être même pas que ton père avait une fille.

Pensive, et tentée par cette proposition

insolite, Tempera fit quelques pas vers la fenêtre. Le ciel était gris, la petite cour paraissait misérable avec son massif déplumé. Le vent du Nord, soufflait amenant des nuages chargés d'averses de grêles et de neige fondue.

Elle frissonna à cette vue. Elle avait été glacée dans l'omnibus qu'elle avait pris pour aller à Trafalgar Square. Elle s'était un peu réchauffée en marchant vite dans Curzon Street, mais le bout de son nez et ses doigts piquaient encore de la morsure de la bise.

Elle eut, en un éclair, la vision d'un ciel bleu, de vagues se brisant sur les rochers, de maisons blanches entourées de mimosas en fleurs. Elle se retourna brusquement :

– D'accord, je t'accompagne! Au fond, c'est passionnant. Mais il faudra faire attention à ce que personne ne découvre notre ruse.

La voiture arrivait à la gare de Victoria. Tempera changea de place et s'assit sur le strapontin, en face de lady Rothley, décidée à jouer son rôle. Elle avait bien travaillé en peu de temps : sa belle-mère était ravissante. Elle lui avait si bien transformé et remis à neuf son costume de voyage qu'il semblait sortir des mains d'une excellente couturière. Pour le rendre plus joli encore, elle y avait ajouté des revers et un col de fourrure taillés dans une ancienne pelisse de son père, le joli visage d'Alaine semblait un bijou dans un écrin au milieu des longs poils soyeux.

Quant à elle, elle était habillée sobrement. En raison de son deuil récent, elle avait choisi du gris et du noir. Sa robe était simple, sans ornements ni fanfreluches. Sa cape avait une sévérité toute monacale. Ensemble austère qui faisait ressortir la fraîcheur de son teint et l'éclat roux de sa chevelure.

Pendant les derniers jours, Tempera avait été entièrement absorbée par les travaux de couture, le repassage et les essayages. Elle n'avait pas eu le temps de songer à autre chose. Une seule fois, elle avait manifesté une certaine irritation. C'était lorsque les factures étaient arrivées. Leur montant dépassait largement le budget qu'elles s'étaient fixé. Il faudrait empiéter sur l'argent du voyage.

– Nous allons faire très attention et dépenser le moins possible. Nous avons déjà tant puisé dans notre bas de laine qu'il est presque vide!

– Quand j'aurais épousé le Duc, on se moquera de ton bas de laine!

– Et s'il ne t'épousait pas? demanda Tempera brusquement.

Le joli visage de lady Rothley se plissa en une grimace enfantine :

– Il faut qu'il m'épouse, il le faut!

– D'accord, mais cela n'empêche pas d'être raisonnable.

– Je déteste être raisonnable, déclara lady Rothley. Le Duc demandera ma main et après tout sera merveilleux.

Elle sourit :

– Quand je serais mariée, je donnerai un bal à Chevingham House en ton honneur. J'inviterai les plus beaux partis d'Angleterre. Tu n'auras qu'à choisir à ton tour puisque je serai casée.

Lady Rothley, une fois encore, était partie dans ses rêves éveillés. Mais Tempera ne voyait pas les choses sous des couleurs aussi riantes.

Âgé de trente ans, le jeune Duc de Chevingham avait réussi à déjouer tous les projets de mariage jusqu'à présent et il se déciderait tout à coup pour une femme, ravissante certes, mais veuve et d'extraction modeste? Cela semblait difficile à croire. Pourquoi ne choisirait-il pas dans son milieu, une fille de duc?

Sur le moment, Tempera avait été enthousiasmée par l'invitation dans le Midi, mais à la réflexion, qu'est-ce que cela prouvait? Le Duc, ce n'était un secret pour personne, aimait être entouré par une cour de jolies femmes, cette invitation n'était décidément pas une déclaration.

Elle soupira mais elle garda pour elle des pensées moroses qui pouvaient attrister Alaine.

La voiture approchait de la gare et se frayait un chemin dans les embouteillages.

– N'oublie pas, dit Tempera, qu'à partir de maintenant je m'appelle Riley. Ne prononce mon vrai nom sous aucun prétexte, même si nous sommes seules. On peut nous entendre!

– J'essaierai, promit lady Rothley. Cela ne sera pas trop difficile, Riley et Rothley, ce sont les mêmes initiales.

Tempera sourit d'entendre sa belle-mère répéter ce qu'elle lui avait dit la veille. Elle avait choisi ce nom en passant devant les portraits peints par Riley au XVIIe siècle. Émerveillée, elle avait regretté de devoir écourter sa visite à la National Gallery pour aller négocier la vente du Dürer.

La voiture de louage s'arrêta enfin.

– Je vais appeler un porteur, M'Lady, dit Tempera.

Elle sauta à terre et fit signe pour que l'on vienne décharger les malles entassées sur le toit.

Lady Rothley qui venait de descendre se tenait légèrement en retrait, l'air un peu perdue. Un homme qui portait la livrée de Chevingham, s'avança vers elle, souleva son chapeau haut-de-forme orné d'une plume de coq, s'inclina et demanda :

– Excusez-moi, Madame, mais êtes-vous une invitée de Sa Grâce le duc de Chevingham?

– Je suis lady Rothley.

– Dans ce cas, veuillez me suivre m'lady, on va s'occuper de vos bagages.

Un autre valet s'approcha de Tempera et lui dit :

– Laissez tout cela, je vais m'en charger.

– Faites attention de ne rien oublier, dit Tempera qui était entrée dans son rôle.

– Vous faites pas de bile! Donnez-moi plutôt ce sac! C'est pas la peine de vous fatiguer puisque nous avons un porteur.

Il parlait familièrement comme le font les domestiques entre eux. Lorsque les bagages furent entassés sur le chariot, Tempera marcha près de lui jusqu'au quai où attendait le train.

— Êtes-vous déjà allé dans le Midi? demanda le jeune homme.

— Non, pas encore, répondit Tempera.

— Je vous envie, c'est rudement bon de quitter ce temps de chien.

— Vous n'êtes donc pas du voyage? demanda Tempera.

— Eh non, par malheur. Le personnel permanent du château est français. Mais, bien entendu M. Bates, le majordome, accompagne Sa Grâce. Ils sont partis hier soir avec les valets de chambre. J'aurais bien aimé en être!

— Le Duc est déjà parti?

— Sa Grâce aime voyager tranquillement, sans faire de mondanités. C'est pas moi qui le blâmerais.

Il sourit à Tempera avant d'ajouter :

— Si j'ai un conseil à vous donner, ma petite demoiselle, c'est de faire attention à vous au milieu de ces Français! Dès qu'ils voient un jupon, surtout si ce qu'il y a dessous est agréable, ils sont déchaînés!

— Soyez sans crainte, je saurai me défendre!

— Et ne vous promenez pas seule au clair de lune!

– Bien sûr que non!

– Je vous dis ça, parce que vous me plaisez, ajouta le valet de pied. A votre retour, j'irai vous chercher. Si votre patronne est invitée à Chevingham House, nous pourrons nous revoir et passer de bons moments ensemble, si vous voulez.

– J'y penserai, répondit Tempera en s'efforçant de garder son sérieux.

L'incident l'amusait, le jeune homme était sympathique et ne pouvait pas deviner qui elle était.

Deux wagons réservés, l'un pour les invités du Duc, l'autre pour le personnel, avaient été accrochés au train-paquebot. Dans le wagon où elle prit place, Tempera trouva les serviteurs du Duc, un courrier, et des valets de pied qui allaient jusqu'à Douvres pour s'occuper des bagages. Tempera rencontra aussi les deux autres femmes de chambre avec qui elle ferait le voyage.

Elles étaient plus âgées que Tempera et occupaient un rang plus élevé dans la hiérarchie des communs. L'une d'elle servait lady Holcombe. C'était Miss Briggs. Miss Smith, elle était au service de lady Barnard. Elles se connaissaient depuis longtemps sans pour autant se manifester une sympathie débordante. Miss

Briggs avait visiblement le pas sur sa camarade et Tempera se trouvait reléguée au bas de l'échelle.

Les deux femmes, ravies d'apprendre que Tempera n'était jamais allée dans le Midi, se faisaient une joie de la mettre au courant de la vie qu'on menait au château. Tempera apprécia leur offre : elle aurait le plus grand besoin des conseils de ses aînées.

Le train s'ébranla; tout le monde s'installa au mieux. On dégusta un excellent en-cas : champagne et sandwiches au foie gras et au caviar. Au deuxième verre, Miss Briggs, les joues empourprées, déclara :

– On dira ce que l'on voudra, mais Sa Grâce sait vivre! ce n'est pas comme lorsque nous sommes allées chez le marquis de Tenby! Vous aurez du mal à le croire, mais on m'a fait voyager en seconde classe, dans un compartiment ordinaire avec un étranger!

Le souvenir d'une pareille incongruité mettait Miss Briggs dans tous ses états. Outrée elle aussi, Miss Smith qui prenait fait et cause pour elle, s'écria :

– J'espère que vous avez dit à votre maîtresse ce que vous pensiez d'un pareil traitement.

– Je ne m'en suis pas privée! Et vous

auriez dû voir sa tête lorsque je lui ai déclaré qu'après une telle épreuve, j'étais trop fatiguée pour repasser la robe qu'elle devait mettre le soir même. Elle en pleurait.

— C'est comme cela qu'il faut les dresser! commenta Miss Smith en se rengorgeant. Je ne vois pas pourquoi nous devrions nous laisser marcher sur les pieds! On ne peut pas se passer de nous. Nous sommes indispensables à nos maîtres!

Tempera écoutait de toutes ses oreilles.

— Vous êtes jeune, Miss Riley, ajouta Miss Smith, vous n'avez peut-être pas beaucoup d'expérience?

— Pas vraiment.

— Eh bien, laissez-moi vous donner un conseil. Apprenez quels sont vos droits et sachez les défendre. J'en connais qui pensent que les domestiques doivent se contenter de n'importe quoi, mais nous sommes capables de nos jours, de leur faire comprendre qu'ils se trompent!

— Absolument, renchérit Miss Briggs.

Elle ajouta avec un sourir rassurant :

— Cette fois, vous n'avez pas à vous faire de souci. Au château Bellevue, tout est parfait; l'accueil que nous y recevrons nous remettra de la fatigue du voyage.

– C'est la première fois que j'y vais, remarqua Miss Smith.

– C'est d'un grand luxe, répondit miss Briggs. Tout marche sur des roulettes. Et, si vous voulez mon avis, cela tient de ce que le duc n'est pas marié! J'ai toujours trouvé que tout allait bien mieux quand il n'y avait pas une maîtresse sur votre dos à vouloir tout régenter.

– Je suis d'accord, approuva Miss Smith. Mais c'est tout de même curieux de voir un si bel homme encore célibataire. Les occasions ne lui ont pourtant pas manqué, vous pouvez me croire!

– Je le sais! L'année dernière, deux jeunes femmes se sont littéralement jetées à sa tête. De ma vie, je n'avais vu une chose pareille. Même M. Bates, le maître d'hôtel, n'en croyait pas ses yeux.

– Elles en ont été pour leurs frais?

– Naturellement! Moi, je pense que Sa Grâce n'a pas envie de se marier. C'est un célibataire endurci, voilà! Et ce n'est pas moi qui le blâmerai. Séduisant comme il est, avec sa fortune, il peut s'offrir les plus jolies femmes sans avoir à leur passer l'anneau au doigt.

– Pour sûr, opina Miss Smith.

Les deux commères burent une nouvelle gorgée de champagne. Tempera était atterrée : si ce que ces femmes racontaient était vrai tout était perdu et le sacrifice du petit Dürer aurait été inutile.

CHAPITRE II

Tempera n'avait jamais beaucoup voyagé. Elle était allée une fois à Bruxelles avec son père. De mauvaises langues lui avaient dit que les trains français étaient inconfortables et bruyants; elle fut donc très agréablement surprise de la manière dont se déroula le voyage.

Tempera était seule dans une cabine-lit. Elle dormit très bien.

Lorsqu'elle se réveilla, le lendemain matin, elle remonta le store et contempla la campagne qui défilait sous ses yeux. Le train arrivait à Saint-Raphaël. Après la grisaille de Londres, les couleurs de la Méditerranée l'enchantèrent. Elle serait bien restée toute la journée à contempler le paysage de rochers et de calanques au milieu desquels le chemin de fer semblait se frayer un passage mais elle se rappela à temps sa position et, après avoir avalé une tasse de café et des croissants chauds, elle gagna le wagon-salon de lady Rothley.

Les parois étaient tendues de soie pervenche, les canapés et les fauteuils d'un brocart vert pâle. Les fenêtres avaient des rideaux verts et blancs. Des tapis de Perse créaient une atmosphère intime et chaleureuse. Du maroquin rouge recouvrait la toilette dont les accessoires étaient d'argent massif.

A l'arrivée de Tempera, Alaine ouvrit les yeux. Même au réveil, elle était ravissante et sans doute extrêmement désirable pour un homme, pensa Tempera.

— Tu m'as réveillée, dit-elle, boudeuse.

— Désolée, ma chérie, mais nous arrivons dans une heure et tu sais le temps qu'il te faut pour t'habiller!

Tempera se reprit, et ajouta sur un ton complètement différent :

— Il est temps de vous lever, M'Lady. Nous allons entrer en gare de Villefranche dans quelques minutes et l'arrêt ne sera pas long. Peu après, nous arriverons à Monte-Carlo.

— Tu peux parler naturellement, Tempera, personne ne nous écoute.

— On ne sait jamais. Et il faut que tu

t'habitues à me traiter comme ta femme de chambre : Miss Riley pour vous servir, répondit Tempera avec une révérence comique.

– Je meurs de sommeil, soupira lady Rothley, je n'arrive pas à dormir en chemin de fer.

Tempera, qui n'en croyait pas un mot, évita de discuter. Elle voulait passer le plus de temps possible à contempler le paysage dont la beauté lui coupait le souffle. Pendant la nuit, elle avait écarquillé les yeux pour tenter d'apercevoir la campagne française et les contreforts des Alpes. Elle ne voulait pas rater l'arrivée à Villefranche et à Monaco.

Alaine avait décidé de mettre une élégante robe bleu pâle. Elle l'aida. Ensuite, elle plia soigneusement les vêtements de voyage et la veste de fourrure avant de sortir de son carton le petit chapeau orné de bleuets qui allait avec la robe. Elle ressentait une étrange impression en accomplissant ces gestes, c'était comme si elle enfermait dans les valises une tranche du passé.

Pendant l'arrêt à Nice qui dura un long moment, Tempera aurait aimé aller se promener dans la ville et découvrir la Promenade des Anglais. Mais la toilette de lady Rothley n'en finissait pas; elle était à peine prête lorsque le

train entra en gare de Villefranche. C'était là
qu'elles descendaient.

Deux voitures attendaient les invités. Un
landau découvert, tendu d'un velum destiné à
abriter les passagers, était alloué aux domestiques. Les bagages suivraient dans d'autres voitures, dès que les valets auraient fini de les
récupérer.

Tempera vérifia que tous ceux de sa belle-
mère avaient bien été embarqués avant de
prendre place dans le landau qui s'ébranla
aussitôt.

Par une trouée entre les maisons, elle
aperçut le port où se balançaient des voiliers
marchands et de somptueux yachts blancs,
éclatants sous le soleil. L'un d'entre eux appar-
tenait certainement au Duc mais elle n'eut pas
la curiosité de demander lequel. Elle jouissait
de l'instant présent avec bonheur.

Les chevaux suivaient une route bordée de
palmiers et d'oliviers. Une profusion de fleurs
poussait au flanc des vallées et l'on apercevait,
au loin, les sommets enneigés des Alpes.

Tempera aurait préféré être seule pour
mieux s'abandonner à ces nouvelles impres-
sions qui l'assaillaient, aussi ne prêtait-elle
aucune attention au bavardage de ses voisines.
Elle écarquillait les yeux. La route grimpait au

milieu de champs couverts d'orchidées sauvages, de lys tigrés, de crocus mauve et de fleurs alpestres.

Après un tournant, un bâtiment sévère apparut : c'était un monastère et, sur un promontoire dominant la mer de très haut, se dressait la silhouette orgueilleuse d'un château.

– Que c'est beau, s'écria-t-elle.

Miss Briggs sourit :

– C'est le château de Bellevue.

– C'est là que nous allons?

– Oui! Impressionnant, n'est-ce pas?

Le château paraissait surveiller toute la région. Il avait l'air d'une forteresse antique; pourtant il était tout récent, il avait été construit dans les années 1880 par le père du Duc qui avait fait appel aux services d'un architecte italien.

Non seulement les bâtiments étaient magnifiques mais ils étaient situés sur l'un des plus beaux emplacements de la côte. D'un côté, le château dominait Beaulieu et son hospice, de l'autre, il surplombait la mer de plus de trois cents mètres de haut.

Mais, en venant par-derrière, on y accédait par une pente douce plantée de merveilleux jardins exotiques où l'on trouvait des essences

rares en provenance de toute la région. Au loin,
on distinguait, estompées par une brume bleu-
tée, les cimes des montagnes des Alpes.

La voiture passa sous une arche qui mar-
quait l'entrée du parc et Tempera fut assaillie
par une profusion de couleurs. Les murs crou-
laient sous les fleurs. Le spectacle était féerique.
Elle regardait de tous ses yeux pour se remplir
de tant de beauté.

Mais elle n'eut pas le temps de flâner dans
les jardins. Elle se changea rapidement et se
rendit dans la chambre de lady Rothley où elle
vérifia les bagages, déballa les robes, leur donna
un coup de fer, les rangea dans les armoires.
Elle avait à peine achevé, que sa belle-mère
entrait en coup de vent :

— Je suis ravie, si tu savais! Le Duc n'a pas
invité grand monde et j'aurai le champ libre
avec lui! C'est une bonne nouvelle, non? Il y a
un autre célibataire : Lord Eustace Yate que
j'éviterai comme la peste.

— Pourquoi donc?

— C'est le fils du duc de Tring qui a été
obligé de s'exiler après une banqueroute frau-
duleuse.

— S'il n'a pas le sou, il ne nous intéresse
pas, trancha Tempera.

— C'est ce que je te disais. Mais il est

attirant. Et très entreprenant. Il est à l'affût d'une riche héritière, mais il aura du mal. Il traîne la réputation d'un raté et n'héritera même pas du titre car il a un frère aîné. Jamais un père n'acceptera de lui donner sa fille.

Pendant que Tempera lui préparait sa robe, elle conclut :

– Les autres sont des couples mariés. Le Duc et moi faisons la paire!

– D'autres invités peuvent encore arriver, objecta Tempera. La place ne manque pas au château.

– Pour l'amour de Dieu, Tempera, cesse de faire le rabat-joie! Aide-moi à me coiffer plutôt; je dois rejoindre le Duc sur la terrasse et j'ai l'air d'un épouvantail!

Ce n'était évidemment pas vrai, mais Tempera tapota la coiffure de lady Rothley, atténua l'éclat de ses joues par un nuage de poudre et aviva ses lèvres d'une touche de rouge.

Alaine trouvait qu'elle n'était pas assez fardée. Tempera s'interposa :

– Doucement, ma chérie, sinon tu vas ressembler à une cocotte!

– Bah! Nous sommes en France et les femmes se maquillent!

– Mais toi, tu n'es pas française! Tu ne voudrais tout de même pas donner au Duc l'impression que tu pourrais être une aventure sans lendemain, la conquête d'un soir? Alors, prouve lui que tu es une dame, une femme à qui on demande sa main ou rien!

Tempera était ennuyée d'avoir à dire toutes ces choses à Alaine. Qu'en retenait-elle, une fois qu'elle était en tête-à-tête avec le Duc? Et lui, se laisserait-il prendre au piège de sa beauté? Ou serait-il désagréablement surpris par sa cervelle d'oiseau? Il était clair qu'il était un esthète, qu'il aimait la beauté mais aussi la profondeur, Alaine saurait-elle lui inspirer un grand amour?

Elle regarda sa belle-mère, elle était plus belle que jamais : bien sûr qu'elle pouvait se faire aimer. Des quantités d'hommes ne demandaient pas à leur femme d'être un savant interlocuteur sur les questions artistiques. Le Duc était-il de ceux-là?

Tempera accompagna sa belle-mère jusqu'à la porte, en lui recommandant encore :

– N'oublie pas, ma chérie : « regarder et écouter », c'est la devise. Tu n'as pas besoin de te lancer dans des commentaires compliqués. Émerveille-toi en silence. Attends, pour faire des discours, que nous ayons répété notre leçon toutes les deux.

– Je ferai très attention, promit lady

Rothley, l'air d'une petite fille devant son institutrice.

– Admire le paysage et surtout, regarde le Duc de tous tes yeux. Ils sont si beaux qu'il ne devrait pas te résister bien longtemps.

Alaine soupira :

– C'est lui qui devrait me dévorer des yeux!

– Les grands de ce monde sont une race à part, ne l'oublie pas.

– Ils doivent bien avoir un cœur comme tout le monde, rétorqua lady Rothley.

Elle s'éloigna le sourire aux lèvres.

Tempera aurait voulu chasser de son esprit l'inquiétude qui gâchait son plaisir et grignotait son optimisme. Tout dépendait maintenant de la réaction du Duc devant cette superbe créature. Or, mieux que quiconque, Tempera connaissait les lacunes de sa belle-mère dès que la conversation sortait des chemins battus.

Visiblement le château était l'œuvre d'un homme follement épris d'authentique beauté. Mais c'était le vieux Duc qui l'avait fait édifier. Les préoccupations de son fils étaient peut-être différentes.

Après sa visite à Chevingham House, son père lui avait parlé avec enthousiasme de la collection des Van Dyck et des maîtres hollandais. Mais c'était au vieux Duc que son père avait eu à faire, quel était le comportement du « jeune » ?

Le *Debrett* était d'une grande discrétion à son sujet : on y trouvait son nom et sa date de naissance, rien d'autre. L'un de ses prénoms était Velde, sans doute en l'honneur du peintre de marines : Wilhelm Van de Velde l'ancien dont plusieurs toiles se trouvaient à Chevingham House et dont trois sanguines ornaient les cimaises du National Maritime Museum de Greenwich.

Si le jeune duc avait la même passion que son père pour la peinture, la partie serait rude pour Alaine.

Elle était totalement indifférente à toute forme d'expression artistique. Après une ou deux tentatives pour l'intéresser, Tempera avait abandonné. Au bout d'une demi-heure passée au musée, Alaine s'asseyait sur une banquette, refusant d'aller plus loin.

— Tu perds ton temps, Tempera. Jamais je ne serai capable de reconnaître une toile d'une autre. Toutes ces faces figées, ces paysages sans relief, ces déesses qui se promènent toutes nues avec leurs bourrelets de graisse et leur embonpoint, me donnent l'indigestion. Et puis, cela m'ennuie mortellement. Après tout, ton père ne me demande que d'être belle et de l'aimer.

Lady Rothley n'avait pas tort et Tempera avait abandonné l'espoir de lui donner un vernis artistique. Aujourd'hui, elle le regrettait et pria le ciel que le Duc ne s'aperçoive pas de l'étendue de l'ignorance d'Alaine.

Elle établit un plan : « Il faut que je trouve un prétexte pour aller voir les collections. J'en tirerai l'essentiel, j'essaierai de le faire retenir à Alaine qui le répétera au Duc pour l'impressionner. »

Mais il fallait trouver un prétexte pour se rendre dans une aile du château où elle n'avait que faire. Ce ne serait pas facile car le colonel Anstruther ne plaisantait pas avec le règlement et menait son monde d'une main énergique. Tout était réglé, organisé, il avait même veillé à ce que le personnel français et britannique ne soit pas mélangé, pour éviter les frictions entre les nationalités.

Bates, le maître d'hôtel, ne plaisantait pas non plus avec la discipline. Chacun avait un horaire à respecter et devait se trouver à l'heure dite dans l'endroit précisé. Il n'était pas question d'aller se promener à son gré.

En attendant d'avoir une idée et de trouver un moment opportun pour aller voir les collections, Tempera tendait l'oreille pendant les repas, c'était le seul moment où elle pouvait apprendre les nouvelles. Les femmes de chambre avaient une salle à manger qui leur était exclusivement réservée, ce qui désolait Miss Briggs et Miss Smith : elles n'auraient pas détesté la compagnie des valets.

Comme elles étaient bavardes comme des pies, Tempera n'avait même pas besoin de poser des questions pour apprendre les menus potins du château.

Lord Eustace Yate était souvent l'objet de leurs commentaires et Tempera découvrit que sa belle-mère n'avait pas exagéré en faisant de lui un portrait peu sympathique, il était pire encore d'après ce qu'elle entendait dans les communs.

— A une époque, il courait après la fille de lady Massingham, raconta Miss Briggs avec des mines gourmandes, mais la Duchesse a eu vent de l'histoire. Cela n'a pas fait un pli! La demoiselle a été rappelée à Londres et mariée au comte d'Hincham.

— Il faudrait qu'il essaie une Américaine, proclama Miss Smith.

Miss Briggs ricana :

— Vous croyez qu'une Américaine avec tant soit peu de fortune tomberait amoureuse

d'un Lord Eustace? Les gens comme les Van-
derbilt par exemple cherchent au moins un Duc
en échange de leurs millions!

C'était juste et Tempera ressentit une pitié
amusée pour le malheureux Lord. C'était dur
de ne pas avoir d'argent! Il se trouvait dans la
même situation que sa belle-mère et elle-même,
il essayait de faire bonne figure devant le Duc et
ses riches invités comme Lord Holcombe ou Sir
William Barnard. Ensuite les deux commères
parlaient du Duc, de ses goûts, de ses exigences.
Plus elles en racontaient plus Tempera s'assom-
brissait.

Décidément, elle avait eu tort de ne pas
dissuader sa belle-mère de se lancer dans une
entreprise qui paraissait de plus en plus irréali-
sable. Pourquoi avaient-elles jeté leur dévolu
sur un Duc et justement celui-ci, un homme
difficile, raffiné, extrêmement cultivé? Il devait
bien y avoir d'autres hommes fortunés pour qui
lady Rothley représentait l'idéal. Des gens simples qui n'auraient pas, comme le Duc, le
sentiment d'une mésalliance en épousant sa
belle-mère.

– Tout ce qu'on peut espérer, maintenant,
c'est un miracle, murmura-t-elle.

*
* *

Ces soucis ne semblaient pas effleurer lady
Rothley. Elle entra pour se changer pour le
dîner, plus jolie que jamais dans un modèle que
Lucille avait créé pour elle.

— Ce soir, nous allons au Casino à Monte
Carlo. Le Duc ne m'a pas quittée. Je lui ai dit
que je ne connaissais rien au jeu et il m'a
promis de me montrer.

Tempera protesta :

— Tu ne vas pas jouer?

— Tu me prends pour plus bête que je ne
suis. Si j'ai dit que je ne comprenais rien au jeu,
il va me guider. Si je gagne, il aura le geste de
me laisser les gains et si je perds, il prendra le
débit à son compte!

La situation était si critique que Tempera
était prête à passer sur le côté immoral de la
combinaison. De toute façon, elle veillerait à ce
que son « oiseau des îles » ne prenne pas
d'argent sur leur maigre pécule. Elle vérifierait
soigneusement le contenu du petit sac de satin
assorti à la robe d'Alaine.

— Comment irez-vous à Monte Carlo?

— Sur le yacht du Duc. Nous souperons à
bord. Après, nous irons tenter notre chance au

casino. Dottie Barnard a beaucoup insisté, c'est une joueuse invétérée.

— Donne-moi ta parole que tu ne joueras que par la main du Duc!

— Bien sûr, ma chérie, et je sais qu'il ne me quittera pas.

— Bon, alors amuse-toi bien, finit par dire Tempera, avec un soupir de soulagement.

Elle avait pour Alaine des réactions de mère poule, toujours inquiète lorsque son poussin était loin de sa vue. Elle connaissait trop bien sa belle-mère, incapable de résister à la tentation, incapable de dire non.

Tempera sortit de la penderie une veste très légère.

— Prends-la. La Méditerranée est traître, le temps peut changer en quelques minutes et le vent fraîchir.

— Si cela arrive, j'irai me coucher : je ne supporte pas le mauvais temps en mer.

— Ne le dis pas au Duc! S'il a un bateau, c'est qu'il aime la mer. Il n'apprécierait sûrement pas que tu te conduises comme une mauviette.

— Ne te fais pas de souci! Je sais comment manœuvrer les hommes.

— Mais oui, ma chérie, dit Tempera en souriant.

Elle l'embrassa tendrement. Lady Rothley lui jeta les bras autour du cou :

– Quelle bénédiction de t'avoir avec moi! Tu m'évites bien des impairs. Je suis scrupuleusement tous les conseils que tu me donnes.

– Dès que vous serez partis, j'irai visiter la Galerie. Tu n'auras qu'à poser ton mouchoir sur un fauteuil. Si l'on me surprend, je dirai que tu l'avais oublié et que je suis venue le chercher.

– Entendu. Et, de grâce, choisis-moi des peintres aux noms chrétiens! Sinon, je serai incapable de les retenir.

– C'est promis!

Rassurée, lady Rothley enfila ses gants, prit son ombrelle et son sac, et quitta la pièce.

Tempera rangea la chambre, remit brosses et flacons sur la coiffeuse avant de s'approcher de la fenêtre d'où la vue découvrait une partie du parc où les invités se rassemblaient en attendant les voitures qui viendraient les chercher.

Plus loin, en contrebas, le panorama s'étendait sur la corniche et le port de Villefranche.

Tempera regretta de ne pas participer à la croisière. Elle adorait la mer et ne craignait pas le gros temps en bateau. Elle chassa cette nostalgie : c'était une telle chance de se trouver sous ce ciel radieux alors qu'elle aurait pu rester à se morfondre dans le brouillard anglais!

Elle avait fini ses rangements et descendit au salon. De là, elle se glissa furtivement dans la galerie. « Pas mal », avait dit Alaine lorsqu'elle l'avait interrogée. C'était si beau que Tempera faillit oublier de ramasser le mouchoir qu'Alaine avait déposé bien en vue à son intention. Tempera le ramassa en souriant : c'était le prétexte à son intrusion. Ensuite, elle s'avança lentement au milieu des Ricci, Poussin, Boucher, Rubens.

Elle quitta la galerie pour une pièce plus intime, meublée d'un bureau Régence où l'on sentait que le Duc aimait se retirer. Là, les murs étaient ornés de toiles plus petites. Tempera les aimait mieux.

Elle s'approcha d'abord de *Saint Georges et le dragon* de Giovanni Bazzi dont son père lui avait souvent parlé. Ses descriptions avaient été si précises que le tableau lui était familier. Il lui semblait reconnaître la tunique rouge de saint Georges et les anneaux formidables du monstre à l'agonie ainsi que le fond de châteaux, de navires, et d'arbres qui se détachaient sur le ciel.

Il y avait aussi un Raphaël qui traitait le

même sujet et représentait saint Georges sur un cheval blanc, cabré. La lance perçait le dragon tandis qu'une jeune femme, que saint Georges venait de sauver d'une mort épouvantable, était agenouillée en prières.

Tempera était éblouie par tant de beauté. Lorsqu'elle arriva devant *la Madone à l'Église* de Van Eyck, elle ne put retenir une exclamation d'admiration.

Tout, d'ailleurs, dans cette pièce incitait à la contemplation. Tempera était au comble d'un plaisir qui lui réjouissait l'âme. Elle se demandait si elle parviendrait jamais à faire partager son plaisir à sa charmante belle-mère.

Le choix de ces toiles révélait le goût infaillible du Duc, sa culture, sa grande sensibilité. Quel homme heureux, celui qui vivait entouré de pareils chefs-d'œuvres.

Elle contemplait le Van Eyck et se rappela une remarque de son père : au dos de certaines de ses toiles, le peintre avait écrit : *Als Ik Kan*, comme j'ai pu, pas comme j'ai voulu.

Elle continuait sa visite en rêvant, lorsqu'elle s'arrêta devant une toile qu'elle connaissait bien, c'était l'ange de *la Vierge au rocher* de Léonard de Vinci. Seulement l'ange, un fragment de la toile. Ce n'était pas l'original, bien sûr, mais une excellente copie. Elle connaissait bien cette œuvre, son père lui en avait souvent parlé, avant même de la conduire au Louvres.

— Tu ressembles beaucoup à l'ange de Vinci, avait-il déclaré. Et tu lui ressembleras davantage encore quand tu auras grandi.

C'était étrange de se trouver maintenant précisément en présence de lui. Elle le regardait attentivement. Elle n'arrivait pas à croire qu'elle lui ressemblait. Il y avait dans ce visage une telle perfection : dans le regard, le sourire, la couleur de la chevelure. C'était vraiment une image de la beauté idéale. Tempera redoutait que son père ne se soit trompé en la comparant à cet ange. Pourtant, même si elle n'osait pas le croire, il y avait chez elle la même élégance noble du cou, la même perfection classique dans l'ovale du visage.

Tempera savait que plusieurs versions de ce chef-d'œuvre se trouvaient dans différents musées, la National Gallery en possédait une, mais l'original était au Louvre.

Elle s'étonna que le Duc ait placé une copie au milieu des remarquables originaux qu'il possédait en si grand nombre.

« Pourquoi là, justement ? » se demanda-t-elle, « en face de son bureau ».

Elle revint sur ses pas, s'arrêta à nouveau devant la reproduction et décida que c'était de cette toile dont Alaine devrait parler au Duc. Elle lui dirait :

– Savez-vous quel tableau je préfère?

Le Duc serait étonné. N'avait-il pas comparé lady Rothley à une déesse du Titien? Et elle jetait son dévolu, au milieu de tous ces chefs-d'œuvre, sur celui qui avait sans doute le moins de valeur. Mais, prouver que l'on appréciait le fragment d'une œuvre laissait supposer que l'on connaissait bien l'original.

Satisfaite de sa décision, Tempera regagna l'étage, sans oublier le mouchoir, prétexte à son intrusion dans la galerie. Elle était bien décidée, par n'importe quel subterfuge, à revenir, chaque fois qu'elle le pourrait, contempler ces merveilles.

Elle se mettrait dans la peau de son père, elle se concentrerait pour comprendre le message contenu dans ces chefs-d'œuvre. Elle l'entendait encore :

– Une véritable communion s'établit avec un chef-d'œuvre. Tu ne regardes pas seulement, tu écoutes ce que ton cœur ressent, des sentiments nouveaux s'éveillent en toi.

Elle alla rejoindre miss Briggs et miss Smith pour déjeuner. Le départ des invités avait retardé leur repas. Le chef leur avait préparé un choix de menus anglais et français.

Miss Smith et miss Briggs considéraient avec méfiance la cuisine française, le comble de l'exotisme pour elles. Mais Tempera se régala de moules marinières et d'un coquelet basquaise.

Puis miss Briggs annonça qu'elle allait faire la sieste :

— Je ne dors jamais bien en voyage. Cela nous donne dix fois plus de travail qu'en temps normal. Je n'en peux plus.

— Moi aussi je vais faire un somme, ajouta Miss Smith. Je sens que la nuit sera brève aujourd'hui.

Tempera s'informa :

— Vous attendez le retour de vos maîtresses?

— Évidemment! répondirent les deux femmes.

La question leur avait semblé incongrue.

— Comment ces dames pourraient-elles se

déshabiller seules ? lança miss Briggs d'un ton goguenard.

Miss Smith renchérit :

— Depuis que nous sommes arrivées, je n'ai jamais pu me coucher avant six heures du matin ! Ma maîtresse rentre à l'aube. A son âge, c'est ridicule.

Miss Briggs rit complaisamment et ajouta :

— La mienne ne quittera le casino que lorsqu'elle aura perdu son dernier centime.

Tempera les regarda l'une après l'autre :

— Vous devez être mortes de fatigue après des nuits pareilles.

— Assurément, répondit miss Smith. C'est pourquoi, miss Riley, si vous voulez m'en croire, reposez-vous chaque fois que vous le pourrez. Ici, au moins, les lits sont bons !

— Tout de même il faut que je demande un autre fauteuil pour ma chambre, dit miss Briggs d'un ton revendicateur. Je l'ai déjà signalé à l'une des domestiques françaises, mais elle n'a pas compris ce que je voulais. Il faudra que j'en parle au colonel Anstruther. Cela ne peut pas continuer ainsi. Nous avons droit à un minimum de confort.

Tempera se rendit elle aussi dans sa chambre. Elle n'avait pas sommeil et prit une petite boîte de peinture qu'elle avait emportée. Son père la lui avait offerte lorsqu'il avait découvert ses dispositions pour le dessin. Elle ne se faisait aucune illusion sur son talent, jamais elle ne dépasserait le stade de l'amateurisme, mais elle était douée et passionnée. Son séjour dans ce décor enchanteur était l'occasion rêvée pour faire quelques pochades qu'elle garderait en souvenir. Elle se coiffa d'une capeline de paille, prit son matériel, et descendit dans le parc.

Les essences que le vieux Duc avait fait venir des quatre coins du monde s'épanouissaient sous les rayons du soleil, c'était une explosion de formes et de couleurs. Des quantités de fleurs insolites croissaient : azalées de l'Himalaya, lys des Indes, orchidées de Malaisie, roses, pensées, aubretias.

Le parc s'étageait à flanc de colline; on y avait aménagé des cascades. Les pièces d'eau où poussaient des nénuphars géants et des iris, étaient peuplées de poissons exotiques.

Des cyprès ponctuaient l'horizon de leurs silhouettes sévères, pareils à des sentinelles. On découvrait, au détour d'une allée, des statues de marbre qui évoquaient la mythologie grecque.

Des jardiniers saluèrent Tempera d'un « Bonjour Mam'selle » cordial. Elle leur répondit dans leur langue.

*
* *

Elle s'enfonça dans la partie la plus secrète du parc et s'arrêta sur une terrasse isolée, bordée d'un vieux mur tapissé de pampres et de clématite.

L'endroit lui plaisait infiniment. C'était une véritable retraite et le calme qui y régnait lui sembla irréel. Elle déplia son chevalet devant un parterre de roses, de lys et de renoncules. Après avoir préparé ses couleurs, elle se mit à peindre fiévreusement, s'efforçant de traduire sur sa toile la beauté de l'endroit.

Le temps passait. Elle ne s'en rendait pas compte. Elle était complètement absorbée par la peinture. Elle avait retiré son chapeau qui jetait de l'ombre sur la toile, et dégrafé le col de sa robe.

Soudain, une voix d'homme s'éleva à ses côtés :

– Très, très bon!

Surprise, Tempera sursauta et se tourna vers son interlocuteur.

Un homme de haute taille, très élégant, nue tête sous le soleil, se tenait derrière elle et observait son travail :

– Vous vous êtes inspirée de la manière de

Heem ou de Bosschaert, ajouta l'inconnu.

– Oh, je n'oserais pas viser si haut!

Avec un sourire timide, elle ajouta :

– Je fais ce que je peux... pas ce que je voudrais!

L'expression de Van Eyck était venue à ses lèvres toute seule provoquant un mouvement de surprise chez l'inconnu. Elle rougit et s'excusa :

– Je ne devrais peut-être pas me trouver là?

– Qui êtes-vous?

– La femme de chambre de lady Rothley.

– Dans ce cas, vous êtes aussi mon invitée, répondit l'inconnu, et je suis ravi que vous ayez eu l'idée de peindre mes fleurs.

Tempera se mordit la lèvre : c'était le Duc et elle ne l'avait pas reconnu!

– Je demande pardon à Votre Grâce, je...

Le Duc l'interrompit et ajouta avec un sourire :

– Ne vous excusez pas.

Il hésita un instant avant de reprendre :

– Je ne voudrais pas vous vexer, mais il est assez rare de voir une personne de votre position cultiver cette sorte de talent.

– Je peins pour me distraire, balbutia Tempera, en rassemblant son matériel.

Le Duc désigna la toile :

– La plupart des peintres sont attirés par le paysage et vous avez choisi d'immortaliser des fleurs, pourquoi?

– C'est plus facile, répondit Tempera avec un sourire timide.

– Est-ce la véritable raison?

Tempera ne savait que répondre, et balbutia :

– Je crois qu'il faut que je rentre au château, Votre Grâce. Ma maîtresse peut avoir besoin de moi.

– J'en doute, répliqua le Duc amusé, lady Rothley est à Monte Carlo. Je suis rentré parce que je n'aime pas le jeu. Vous pouvez continuer à peindre en toute tranquillité.

– Peut-être un autre jour, répondit Tempera, si je n'abuse pas en venant dans le jardin.

– Vous êtes ici chez vous. D'ailleurs, j'aimerais que vous me vendiez votre tableau.

– Mais il n'est pas fini.

– Eh bien, lorsqu'il le sera!

– Oh, non!

Le Duc haussa les sourcils, surpris. Tempera expliqua :

– C'est très généreux, Votre Grâce, mais je

ne suis qu'un modeste amateur, vous le voyez bien.

Le Duc sourit :

– Bien sûr, si vous comparez ce que vous faites aux toiles qui sont exposées chez moi. Mais je suis touché que vous ayiez choisi ce sujet, j'aime cet endroit et les fleurs que j'y ai fait planter. Je serais heureux d'acquérir votre travail, comme un souvenir!

Tempera se détourna. Le Duc poursuivit sur un ton différent :

– Voulez-vous m'en faire cadeau? A moins que vous n'ayez promis ce tableau à un être qui vous est cher?

– Non, non, à personne!

– Alors, puis-je l'avoir?

– Si vous voulez, Votre Grâce, murmura Tempera.

– Je vous suis très reconnaissant! Je vous demanderai, peut-être, de peindre pour moi d'autres coins du parc.

Tempera secoua la tête.

– Non? Vous ne voulez pas? Pourquoi? insista le Duc.

– C'est ma seule toile, balbutia Tempera. D'habitude j'efface pour peindre autre chose. Au moins, je ne laisse aucune trace de mes barbouillages.

– Mais vous avez tort! Quel dommage. Je veillerai à ce que cela ne se reproduise plus, au moins pendant votre séjour chez moi.

Il ajouta, d'un air amusé :

– J'ai la réputation de m'intéresser aux arts. Certains me reconnaissent une certaine autorité dans ce domaine, mais ce sera la première fois de ma vie que je fournirai des toiles à un artiste!

– Il y en a peut-être qui valent davantage la peine.

– Qu'en savez-vous? En échange, je vous demanderai de me montrer ce que vous aurez peint, mademoiselle...?

– Tempera... Tempera Riley.

– C'est un nom peu commun! Mais il vous va bien. Permettez-moi de vous dire que votre talent sort de l'ordinaire, vous parvenez à rendre la luminosité et la transparence des pétales d'une manière inattendue.

Tempera se mordit la lèvre. Quelle sottise de n'avoir pas changé également son prénom. Et pourquoi avait-elle répondu aussi librement aux questions du Duc? Il ne lui serait pas difficile à présent de découvrir qui elle était réellement. Elle essaya de se rattraper :

– Je n'ai d'autre souci que de servir lady Rothley. J'ai eu la chance qu'elle accepte de m'emmener dans le Midi et j'espère n'avoir rien dit de déplacé... ou d'impertinent.

– On ne peut rien vous reprocher de tel, miss Riley, répondit le Duc.

– Alors, je ne peux que remercier Votre Grâce pour ses encouragements.

Tempera fit une révérence et, chargée de son matériel, s'éloigna vers le château.

Le Duc la suivait du regard. Elle se força à ne pas se retourner. Lorsqu'elle se trouva hors de vue, elle ralentit l'allure et réfléchit à ce qui venait de se passer. Le Duc devait penser qu'elle était une bien étrange femme de chambre!

– Si seulement je n'étais pas allée peindre! dit-elle à haute voix.

Elle se mentait à elle-même et le savait. Elle ne regrettait pas cette rencontre; pas du tout.

CHAPITRE III

De retour dans sa chambre, elle eut tout le temps de ressasser les détails de sa rencontre avec le Duc.

Elle le revoyait, tel qu'il lui était apparu dans le jardin. Indiscutablement, il était très beau. Mais il y avait quelque chose d'autre en lui qui le différenciait des autres hommes. Entre mille, on reconnaissait en lui un homme cultivé.

Pourtant, il n'était pour rien dans l'acquisition de la collection de tableaux. C'était le vieux duc, son père, qui avait rassemblé ces chefs-d'œuvre.

Lui, il s'était contenté d'hériter. Bien sûr, on pouvait supposer qu'il avait hérité aussi des qualités artistiques de son père et, qu'ayant grandi auprès d'un homme attiré par les arts, son goût s'était formé.

Tempera regarda sa peinture. Le Duc avait manifesté un goût exagéré pour son travail. Alaine aurait pu réagir de cette manière, pas lui!

Le tableau était charmant, agréable à regarder, la composition harmonieuse, les couleurs fraîches.

Elle soupira. Ce n'était pas mal Il lui manquait pourtant l'étincelle de génie des grands artistes. C'était du bon travail d'amateur voilà ce qu'elle était : peintre amateur et femme de chambre par supercherie.

Sa belle-mère la suivit de près. Rouge d'excitation, elle lui fit un récit enthousiaste de sa journée :

— Oh, Tempera, le yacht du Duc est un bijou, et si confortable. Et Monte Carlo!

— Mais le Duc est rentré bien avant vous.

— Comment le sais-tu? s'écria lady Rothley.

Et, sans attendre la réponse de Tempera :

— C'est vrai, il déteste Monte Carlo, nous l'avons laissé sur le yacht et nous sommes rentrés en voiture en sortant du casino. Mais qui t'a dit que le Duc?...

– Je l'ai rencontré dans le parc.

– Oui? Eh bien, tu as pu voir comme il est séduisant! Et il n'est pas le seul, j'ai rencontré un homme adorable au casino! Il viendra demain.

– Tu n'as pas l'air de te rendre compte de ce que je te dis, le duc m'a trouvée en train de peindre. C'est une distration qui n'est pas très adaptée à ma qualité de femme de chambre!

Lady Rothley se coiffait devant le miroir. Sans se retourner elle lança :

– Je ne vois pas ce que cela a d'extraordinaire! Après tout, la plupart de ces femmes font de la broderie à leurs moments perdus. Pourquoi n'y en aurait-il pas d'autres qui feraient de la peinture? Coudre ou peindre, je ne vois pas grande différence.

– Dans mon cas, et comme je t'accompagne, cela peut amener le Duc à faire des recoupements et à penser à papa.

– Il n'a pas fait allusion à ton père qu'une seule fois, et encore était-ce pour dire que son père à lui, le vieux Duc, admirait le tien. Tu vois cela remonte loin!

– Tu as peut-être raison, ma chérie. Je me fais des idées.

– En effet!

Lady Rothley ajouta en éclatant de rire.

– Nous nous complétons, ton sens artistiques compense ma nullité!

Tempera fronça les sourcils :

– En tout cas, fais bien attention à ce que tu diras, si jamais il fait allusion à notre rencontre.

– Que devrais-je répondre? demanda lady Rothley en pensant à autre chose.

– Que tu me connais à peine. Je t'ai été recommandée par des amis. Tu ne sais même pas si tu me garderas.

– Comme femme de chambre, vraisemblablement pas, mais je pourrais difficilement me passer de toi!

– Sois sérieuse, ma chérie, implora Tempera. Imagine ce qui arriverait si on découvrait notre mensonge.

Mais lady Rothley ne l'écoutait plus depuis un moment déjà. Toute à ses pensées, elle murmura avec un sourire ravi :

– Le Comte m'a fait une cour assidue. J'ai toujours pensé que les Italiens étaient adorables, le moindre de leurs compliments a l'air d'une déclaration d'amour!

– Écoute plutôt ce que tu devras dire, si le Duc te parle peinture. Évoque Jean Van Eyck, le nom n'est pas difficile à retenir. La toile que possède le Duc est vraiment exquise.

– Ah, tu vois! c'est exactement ce que me disait le Comte : « Vous êtes exquise! »

– Tu ne m'écoutes pas!

– Non, et je n'en ai pas envie. Tes histoires me donnent mal à la tête. J'ai besoin de me reposer.

– Mais Alaine, tu devras répondre au Duc pendant le dîner!

– Nous ne dînons pas ici. Nous retournons à Monte Carlo chez la princesse Daisy de Pless. Cela sera très, très, chic et je mettrai ma plus belle robe.

Tempera abandonna la partie. Elle aida Alaine à se déshabiller pour qu'elle puisse se reposer avant le dîner. Il serait toujours temps de lui donner sa leçon de peinture le lendemain.

Après dîner, Tempera reprit son tableau pensant à ce qui restait à faire pour l'achever. Il faisait trop sombre pour qu'elle puisse y travailler encore, mais elle notait, mentalement, ce qui pouvait l'améliorer. Elle passa un moment à nettoyer ses pinceaux et sa palette. Elle songeait à la remarque du Duc en la voyant peindre les fleurs au lieu d'un paysage. C'était un de ses professeurs qui lui avait conseillé de se spécialiser dans les natures mortes, les fleurs en particulier, plutôt que dans le portrait ou le paysage.

Sa mère avait jadis accroché plusieurs tableaux de Tempera dans sa chambre. Après la mort de son père, lorsqu'il avait fallu vendre des toiles et dégarnir les murs Alaine avait désigné ces peintures, en demandant :

– Et ça, c'est vendable ?

– J'ai peur que non. Mais avec ces toiles nos murs paraîtront moins nus.

– Tans mieux, elles sont très jolies. Bien plus que celles que ton père nous a laissés.

Tempera avait embrassé sa belle-mère en riant. C'était un compliment sincère, même s'il était dû à l'ignorance !

Le Duc aussi l'avait complimentée. Dans sa bouche, c'était une marque de courtoisie. Mais quel besoin avait-il de se montrer aimable avec une femme de chambre ? Tempera réfléchit. Peut-être était-elle trop modeste, peut-être ses toiles avaient-elles quelque valeur. Dans ce cas, elle pourrait en tirer quelques livres, de retour à Londres.

Elle s'en voulut aussitôt de cette idée : c'était du défaitisme, elle donnait inconsciemment sa belle-mère perdante dans le jeu qu'elles avaient engagé, c'était parier d'avance que le Duc ne l'épouserait pas.

— Alaine est assez belle pour le séduire... s'il se contente de la beauté. Papa, a été très heureux avec elle.

A minuit, Tempera rangea ses affaires et se rendit dans la chambre de sa belle-mère pour l'attendre.

Elle l'avait avertie :

— Je veillerai jusqu'à ton retour. Les autres femmes de chambre le font et elles seraient scandalisées si je m'en dispensais.

— Je pourrais passer dans ta chambre pour que tu m'aides à dégrafer ma robe, comme nous l'avons toujours fait. Mais si tu veux m'attendre, prends mon lit et dors.

— Et si on me surprenait? Tu imagines le scandale!

— Pousse le verrou! Je frapperai doucement en arrivant; d'ailleurs nous aurons fait suffisamment de bruit dans l'escalier pour t'avoir réveillée.

— Tu es adorable, ma petite belle-mère, dit Tempora en l'embrassant.

— Mais non, c'est toi qui es très gentille. Tu me dis que je suis jolie. Mais c'est grâce à toi qui t'occupes si bien de moi!

Lady Rothley était belle à couper le souffle

et, plus que jamais ressemblait à une déesse du Titien.

– Va et amuse-toi bien, dit Tempera. N'oublie pas de séduire le Duc!

– Si le Comte est là, j'aurai du mal à me concentrer, plaisanta Alaine.

En voyant la mine déçue de Tempera, elle ajouta vivement :

– Fais-moi confiance, je sais que je suis l'appât et que le Duc est le poisson que nous voulons pêcher. Il ne m'échappera pas!

Elle prit son petit sac de satin d'où Tempera avait retiré l'argent et alla rejoindre les invités dans le hall.

Trop énervée pour trouver le repos, Tempera tira les rideaux et regarda au loin. La lune se levait avec les premières étoiles, les lumières se reflétaient dans la mer près de Villefranche. On apercevait l'ombre de Hospice sur le promontoire et quelques lueurs qui signalaient Beaulieu.

Le spectacle enchanteur était bien fait pour tenter le pinceau d'un peintre!

Elle resta un long moment en contemplation, puis s'étendit sur le lit où elle s'endormit immédiatement.

*_**

Le lendemain, au petit déjeuner, Miss Briggs se plaignit de l'heure à laquelle sa maîtresse était rentrée.

– C'est toujours la même chose quand on vient dans le Midi. Si ça continue, je n'hésiterai pas à rendre mon tablier!

Miss Smith et Tempera souriaient. En effet, miss Briggs servait lady Holcombe depuis douze ans et il était bien improbable qu'elle la quitte jamais. Et ce n'était pas elle qui aurait pris la liberté, un crime de lèse-majesté, de s'étendre sur le lit de sa maîtresse en l'attendant!

Comme Alaine l'avait prévu la veille au soir Tempera avait été réveillée par le bruit des voix dans le hall. Elle avait ouvert la porte et s'était avancée sur la palier. En se penchant sur la rampe, elle avait aperçu lady Rothley qui prenait congé de lady Barnard et de lady Holcombe. En retrait, la haute silhouette du Duc dominait celles de ses amis et se faisait remarquer par son élégance racée.

Lady Rothley se réveilla encore radieuse du succès qu'elle avait remporté la veille :

– J'ai fait sensation!

– J'en suis si heureuse! Mais mange ton petit déjeuner pendant qu'il est chaud. Sais-tu que le chef anglais est furieux : pas une invitée ne commande de «breakfast anglais», seuls quelques hommes en prennent.

– Ils ont bien tort, rien ne vaut les croissants français! Mais j'allais oublier de t'annoncer l'essentiel, s'écria lady Rothley, j'ai gagné une fortune au jeu.

Tempera était méfiante. Alaine n'avait aucun sens de l'argent. Elle attribuait aux billets et aux pièces une valeur fantaisiste.

– L'argent est dans mon sac.

Tempera regarda autour d'elle sans le voir nulle part :

– Où l'as-tu mis?

– S'il n'est pas là, c'est que je l'ai oublié dans le hall. Je l'avais avec moi dans la voiture, j'en suis certaine.

– Tu n'es pas allée dans le salon?

– Si, pour boire une dernière coupe de champagne.

– C'est là qu'il a dû rester. Je descends le chercher.

– Dépêche-toi! Ce serait ennuyeux que les domestiques l'aient volé.

– C'est peu probable, ils sont honnêtes. Mais j'y vais.

Le salon était vide. La plupart des invités n'étaient pas encore levés, les autres, ceux qui étaient matinaux étaient déjà sortis.

Le sac était là, posé sur une petite table Sheraton. Elle le prit et se préparait à remonter dans la chambre de lady Rothley lorsqu'elle sentit un bruit derrière elle. Elle se retourna. Un homme la regardait en souriant :

— Qui êtes-vous ? demanda-t-il, je ne vous ai pas encore rencontrée.

— Je suis la femme de chambre de lady Rothley, M'Lord, répondit Tempera en esquissant une révérence

Elle avait reconnu lord Eustace Yate qu'elle avait aperçu à la gare de Victoria et à Villefranche lorsqu'ils avaient quitté le train. Il lui déplut immédiatement. Pas seulement à cause de ce qu'elle avait entendu dire de lui. Il y avait chez cet homme, qui était beau pourtant, quelque chose d'indéfinissablement gênant.

— Femme de chambre ! Rudement jolie, dit-il.

Tempera serra contre elle le sac de sa belle-mère et tenta de passer, mais il lui barrait le passage.

— Vous n'êtes pas si pressée ! Vous pouvez bavarder un peu. Dites-moi, combien avez-vous d'amoureux dans ce beau pays ?

– M'Lord, excusez-moi, mais je dois retourner auprès de lady Rothley.

– Elle peut attendre, répliqua lord Eustace désinvolte. Savez-vous que vous êtes aussi séduisante que votre maîtresse?

Tempera se dirigea vers la sortie :

– Les propos que vous me tenez cadrent exactement avec ce que l'on m'a dit de vous!

Tempera profita de son étonnement pour s'échapper. Elle grimpa l'escalier quatre à quatre poursuivie par l'éclat de rire de lord Eustace.

– Tiens, voilà ton sac, dit-elle en reprenant son souffle. Mais, sais-tu qui j'ai rencontré dans le salon? Lord Eustace. il me déplaît beaucoup, tu as raison de l'éviter. Tout ce qu'on m'a dit sur lui a l'air d'être vrai.

– C'est connu. Il est malfaisant, mais parfois amusant, tandis que sir William, malgré tout son argent, est ennuyeux à mourir.

Tempera sourit :

– Personne n'est parfait!

– Hélas non! approuva lady Rothley. Tiens, prends le Duc, j'ai du mal à trouver un sujet de conversation avec lui.

– Justement, moi j'ai trouvé ce que tu vas lui dire de ses tableaux!

– Oh, non, de grâce! s'écria lady Rothley en se bouchant les oreilles.

Elle fit une moue d'enfant gâtée, puis, avec un sourire éclatant, reprit :

– Je préfère te parler du Comte. Sais-tu ce qu'il m'a déclaré?

– Non, non et non! Je ne veux pas entendre parler du comte, ni d'aucun de tes admirateurs. Tu es venue pour le Duc!

– Tu n'es pas gentille, protesta lady Rothley. Regarde plutôt ce que j'ai gagné à la roulette. J'aurais pu avoir beaucoup plus, mais le Duc m'a empêché de continuer. Il déteste les jeux de hasard. Quel dommage!

Alaine ne changerait jamais mais sans doute elle était si belle qu'elle pourrait arriver à ses fins malgré tout.

– Regarde combien j'ai gagné, répéta Alaine.

Tempera ouvrit la bourse de satin et compta une quinzaine de livres. Elles leur permettraient de tenir un moment. Elle rangea l'argent et prépara le bain en demandant :

– Quel est ton programme aujourd'hui?

– Nous déjeunons chez les Rothschild...

Tempera l'interrompit avec un cri de joie :

– Oh! Quelle chance tu as. Ils ont une prodigieuse collection de tableaux et de meubles anciens. Tu me raconteras. Papa me disait que leur villa contenait autant de trésors que le château de Waddesdon qu'ils ont fait construire dans le Buckinghamshire.

Comme Alaine n'écoutait pas, elle poursuivit sur un autre ton :

— Je vais te raconter une histoire. Lorsque la reine Victoria vint rendre visite aux Rothschild, Alice, la fille aînée, fit ouvrir une nouvelle route plus large, asphaltée, et qui enjambait une rivière; tout cela pour éviter à la Reine de faire un détour! Tu imagines? Les ouvriers ont fait le travail en trois jours!

Ménageant son effet, Tempera s'arrêta.

— Alors, demanda Alaine curieuse.

— La Reine arrive. Sans faire attention, elle marche sur une plate-bande fraîchement plantée et écrase des fleurs rares. Alice de Rothschild bondit : « Voyons, sortez de là! » dit-elle furieuse.

— Comment a réagi la reine?

— Elle a obéi.

— C'est assez drôle. Crois-tu que le Duc connaît cette histoire?

Il était plus de midi lorsqu'un valet de pied vint annoncer que les voitures étaient prêtes : lady Rothley pouvait descendre.

Tempera rejoignit miss Briggs et miss Smith qui avaient commencé leur repas sans elle. Elles en étaient au dessert et lancèrent un regard dégoûté sur le fromage de chèvre que Tempera dévora d'un bel appétit et sur la salade qu'elles bannissaient de leur menu. Elles étaient pressées de remonter dans leurs chambres pour y faire la sieste et laissèrent Tempera terminer seule.

Pour tout dessert, elle prit un fruit qu'elle emporta dans sa chambre.

En entrant, elle vit un paquet sur son lit. Elle en connaissait le contenu et l'ouvrit fiévreusement! c'étaient six très belles toiles vierges, de petit format mais de toute première qualité et d'un grain très fin. Il ne lui restait qu'à tenir sa promesse à son tour, peindre et soumettre son travail au Duc. Avant tout, il fallait achever la toile commencée dans le jardin. « Je vais retourner à la même place, à la même heure, pour avoir la même lumière, se dit Tempera. Aujourd'hui, je ne risque pas de rencontrer le Duc, puisqu'il déjeune à la villa Victoria avec ses invités. Le repas se terminera tard car la table des Rotschild est réputée pour être la meilleure de la Côte. »

Elle reprit son chapeau de paille, son matériel, et retourna à l'emplacement qu'elle avait choisi la veille. Les fleurs qu'elle avait commencé à peindre s'étaient épanouies. Ce n'était pas trop grave car elle n'avait pas l'intention d'apporter de grands changements à son travail. L'erreur de certains peintres consiste souvent à surcharger le premier jet.

Elle eut un geste désabusé. Il était vraisemblable que le Duc ne jetterait qu'un coup d'œil sur son travail et que sa toile finirait dans un coin de grenier. Cependant, elle fit de son mieux, elle rehaussa la transparence du lys et aviva l'éclat des roses, puis, elle plia bagage et revint à pas lents à travers le parc.

Il était tellement beau qu'elle se demanda pourquoi les invités partaient chaque jour pour de nouvelles excursions au lieu de jouir de ce paradis. Elle prolongea sa promenade un bon moment.

Lorsqu'elle rentra, l'heure de la sieste n'était pas achevée. La maison était déserte. Alors, certaine de ne rencontrer personne, le colonel Anstruther lui-même devait dormir, elle pénétra dans le grand salon et, de là, dans le bureau du Duc.

Elle inscrivit au dos de sa toile : *Als ik Kan* les mots de Jan Van Eyck, avant de la déposer sur la table. Le Duc comprendrait le message.

Avant de repartir, elle s'approcha à nouveau de *La Madone à l'Église* pour laquelle elle avait une prédilection. Elle était placée à côté d'un petit Petrus Cristus, le *Portrait d'une jeune fille*, dans le même style que le Van Eyck. Ce n'était pas étonnant, Cristus était un élève du Maître.

Il y avait bien d'autres tableaux que Tempera aurait passé l'après-midi à contempler, mais elle n'avait aucune envie de se faire surprendre par le colonel Anstruther dans les appartements privés du Duc.

Elle allait partir, lorsqu'elle changea soudain d'idée et reprit sa toile : elle ne voulait pas que d'autres la voient. On se moquerait d'elle, les domestiques sauraient qu'elle avait des prétentions artistiques et en feraient des gorges chaudes.

Serrant le tableau contre elle, elle courut se réfugier dans sa chambre. Les toiles vierges étaient étalées sur le lit. Elle ne pouvait pas les accepter. Elle n'en avait pas le droit. Tant pis, si elle revenait sur sa promesse.

Elle rangea les toiles dans un tiroir de la commode pour que personne ne puisse les voir, s'allongea sur son lit et ferma les yeux.

Lorsqu'elle se réveilla, elle se surprit à penser au Duc. Peut-être avait-elle rêvé de lui.

Je deviens stupide, se dit-elle, quel besoin avais-je d'attirer son attention avec ma peinture? Ce n'est pas en agissant de cette manière que je peux aider Alaine à nous tirer d'embarras. Au contraire, j'ai tout compliqué.

Elle résolut de faire très attention désormais à ce qu'elle ferait ou dirait. Il fallait qu'elle arrive à donner d'elle l'image d'une femme de chambre comme les autres. Pour le reste, tout ce qu'elle avait à faire c'était d'aider sa belle-mère à conquérir le Duc.

Lorsque lady Rothley rentra de la réception chez les Rothschild, elle était très joyeuse et animée. Elle raconta le dîner avec beaucoup d'esprit et de volubilité, commenta les faits et gestes de chacun, décrivit les menus détails du service. Tempera l'écouta un moment avant de poser la question qui lui brûlait les lèvres :

– Mais les collections dont on parle tant? Est-ce que tu les as vues? Que contiennent-elles? Sont-elles aussi belles qu'on le dit? Les tableaux...

– Tout le gratin était là, poursuivit lady Rothley qui n'avait même pas entendu l'interruption de Tempera. On se bousculait, tu penses. D'ailleurs, le souper a été un véritable festin. On nous a servi des choses exquises, tu n'imagines pas! Des plats d'un raffinement! Et l'assistance était aussi choisie que le repas. Cependant, on sort de là écœuré, acheva-t-elle sur un autre ton.

Tempera, qui n'était pas dupe, sourit et demanda :

– De qui donc est cette dernière remarque?

Alaine avoua sans se faire prier :

– Elle est du Duc!

Puis, elle revint au sujet qui l'intéressait :

– Sais-tu ce que m'a dit lord Eustace en me regardant fixement de ses yeux brûlants : « Il y a des plats dont on ne se lasse pas de reprendre. » N'est-ce pas réellement flatteur?

Tempera soupira. Alaine était lancée, elle ne tirerait d'elle aucun renseignement, elle n'avait pas fait la moindre attention aux collections de peinture ni à la splendeur du décor. Elle parlait, parlait... Lorsqu'à la fin, lady Rothley étouffa un bâillement, il était vraiment tard :

– Quand je pense que nous recommençons ce soir!... Souper, casino... Nous serons encore debout jusqu'à l'aube, j'en suis certaine!

A la fin, c'est tuant, tu sais, et je suis morte de fatigue!

Elle ajouta, les yeux brillants :

– Peut-être que je gagnerai encore!

– Ne joue que si le Duc joue avec toi!

– Je connais des hommes plus riches que lui!

– Ce n'est pas notre affaire. Ne quitte pas le Duc. Et dis-toi bien que les autres te font peut-être la cour, mais ils resteront ici quand nous serons de retour à Londres.

– Je ne l'oublie pas, mais c'est tellement agréable de les voir me faire des yeux doux.

Elle s'enfonça dans les coussins, avec un soupir de plaisir :

– Il y a des moments où je me sens capable de passion. Je n'avais rien ressenti de tel jusqu'à maintenant.

– Profites-en! Passionne-toi pour le Duc.

– Dors, maintenant, ma chérie, dit-elle en se retirant.

– Je tombe de sommeil. Ces moments exquis, ces repas raffinés sont exténuants.

Tempera ferma doucement la porte et regagna sa chambre.

Elle redoutait qu'Alaine ne prenne du poids à ces dîners. Mais au réveil, lorsqu'elle l'habilla, elle se rendit compte que ses craintes étaient vaines, elle avait la taille toujours aussi fine. Printanière dans sa robe de tulle blanc, elle était ravissante et ressemblait plus que jamais à l'une des déesses du Titien. Elle éclipsait les autres invitées, ce qui excitait d'ailleurs la jalousie de lady Holcombe.

En partant, lady Rothley embrassa tendrement sa belle-fille.

– Repose-toi un peu en m'attendant. Je m'en veux de t'infliger ces corvées et de te forcer à m'attendre une partie de la nuit. Mais je ne suis pas ingrate, tu verras comme je te gâterai lorsque je serai Duchesse.

– Croise les doigts! Il ne faut pas défier le destin, lança Tempera.

Après avoir rangé la chambre, elle descendit rejoindre miss Briggs et miss Smith. Elle les trouva de fort méchante humeur.

Miss Smith récriminait :

– La chaleur est insupportable! Je le disais encore à ma maîtresse ce matin. La saison est déjà trop avancée pour le Midi. Nous aurions dû venir au moment de Noël, quand on gèle en Angleterre.

– J'aime bien la chaleur, soupira miss Briggs. Mais tenir un fer à repasser par cette canicule, c'est au-dessus de mes forces!

Miss Smith se pencha au-dessus de la table :

– J'ai appris que pour quelques sous une domestique française accepterait de faire notre repassage!

– Bonne nouvelle! Est-ce la même qui lave le linge?

Miss Smith opina.

– C'est curieux que vous ne la connaissiez pas. Il paraît qu'elle travaille ici depuis des années et vous êtes déjà venue.

Miss Briggs eut l'air embarrassé.

– Je ne vous ai pas parlé d'elle parce que j'ignorais qu'elle travaillait encore au château.

La ruse était un peu grosse, il était bien évident qu'elle avait voulu se réserver les services de cette personne.

Imperturbable, miss Smith poursuivit :

– J'ai fait un essai, je lui ai confié une blouse d'organdi. Elle me l'a rapportée une heure après, impeccable.

Tempera soupira. Elle n'avait pas les moyens de payer cette femme. Il restait quelque chose de l'argent gagné au casino par Alaine mais elle voulait aller acheter des rubans et des dentelles pour lui arranger ses robes. Il n'y avait aucun problème pour se rendre à Nice ou

Beaulieu car le Colonel avait mis un landau à la disposition des domestiques.

Elle acheva la lessive des sous-vêtements d'Alaine, et les étendit pour les faire sécher dans la salle de bains. Ensuite, elle s'accouda à la fenêtre.

Il était tard, le soleil se couchait. L'air embaumait. La nuit était claire. Le clair de lune brillait sur les eaux de la baie qui scintillait au loin.

Elle décida de profiter de ses instants de liberté, pendant que les invités festoyaient à Monte Carlo, pour faire une promenade jusqu'à un promontoire d'où on découvrait la côte de Nice à Monaco. Elle avait repéré un sentier qui y menait, protégé du côté du vide par une murette couverte de bougainvillées, et la nuit, à cet endroit-là, elle ne risquait pas d'être surprise par quiconque. Hormis les invités, tout le monde se couchait tôt, même le colonel Anstruther.

La soirée était chaude. Elle enleva sa robe d'uniforme, qui était noire et dans laquelle elle suffoquait. Elle en passa une de mousseline mauve qu'elle avait cousue après la mort de son père. C'était une tenue très simple, ornée d'une ruche de dentelle et dans laquelle Tempera paraissait très jeune. Pour se protéger de la fraîcheur de la nuit, elle prit un châle léger dont elle se couvrit les épaules et se glissa hors du château en se cachant.

Une brume impalpable estompait l'horizon. L'air était merveilleusement parfumé. Les premières étoiles clignotaient au firmament. C'était à peine si dans le silence on entendait, par moments, une faible rumeur monter des villes voisines. Un charme étrange émanait de ces lieux.

Tempera s'avançait silencieusement au milieu des buissons de fleurs et des pins. Le sentier aboutissait sur une petite terrasse de marbre surmontée de colonnettes et de pilastres qui soutenaient de légères poutres couvertes de fleurs. Une balustrade de fer forgé permettait d'approcher sans risques au bord du précipice d'où la vue plongeait sur l'à-pic vertigineux de la falaise. Un banc de pierre était placé à un endroit d'où la vue s'étendait sur le port de Villefranche et les hauteurs d'Eze.

Tempera s'assit et poussa un soupir de ravissement. Isolée du reste du monde elle jouissait enfin d'un calme dont elle goûtait chaque instant. Elle se laissait aller à sa rêverie lorsqu'elle entendit soudain des pas et une voix amusée qui disait :

– Je savais que je vous trouverais ici. Une artiste ne peut résister à ce spectacle.

Le Duc s'approcha et s'assit près d'elle en demandant :

– A votre avis, qui pourrait peindre ce paysage?

– Je ne vois que Turner, murmura Tempera.

– Vous pensez au *Clair de lune à Greenwich*?

– Oui, il aurait sans doute rendu la beauté de cet endroit, répondit-elle, se laissant prendre par son sujet favori.

– Ce n'est pas sûr, il réussissait d'admirables levers de soleil.

– Comme le *Lever de soleil et les monstres marins*? compléta Tempera.

Mais, soudain, elle parut sortir d'un rêve :

– Vous êtes déjà de retour, Votre Grâce? Vos invités aussi? Mais alors, ma maîtresse a besoin de moi. Il faut que je parte.

– Ne bougez pas; je suis rentré seul! Je déteste les jeux de hasard, et, comme vous, j'ai préféré faire cette promenade et contempler ce paysage, dit le Duc en posant la main sur les bras de Tempera pour l'empêcher de se lever.

Elle frissonna. Son cœur battit plus vite. Elle se sentait envahie d'un sentiment étrange. Elle balbutia :

— J'ai trouvé les toiles que Votre Grâce m'a fait parvenir. Comment vous remercier?

— Avez-vous terminé votre tableau?

— Oui.

— J'espérais le trouver sur mon bureau en rentrant.

Tempera rougit; le duc poursuivit :

— Vous me le ferez voir? Vous me l'aviez promis!

Il retira la main qu'il avait posée sur le bras de Tempera; elle ressentit ce geste comme un arrachement. Elle aurait voulu qu'il l'y laissât. Elle demeura silencieuse un moment, puis finit par dire :

— Je suis venue dans votre bureau, cet après-midi, pour y déposer mon tableau... mais je n'ai pas osé le laisser.

— Pourquoi?

— A côté des autres, il paraissait si mauvais...

— Je ne pense pas qu'il le soit. Vous savez bien que les grands Maîtres encourageaient les débutants.

— J'avais peur de me montrer présomptueuse.

– Ce n'est pas votre genre.

C'était une étrange conversation entre un Duc et une jeune fille qui se prétendait femme de chambre.

Le Duc insista :

– Promettez-moi de me l'apporter demain matin, sinon je penserai que vous ne tenez pas vos promesses.

– Comment pouvez-vous vous intéresser à ma peinture, vous qui possédez tant de merveilles?

Elle ajouta avec une passion mal contenue :

– Je pourrais passer ma vie à les regarder, à essayer de comprendre leur message!

Elle n'avait pu s'empêcher de parler, mais elle sentait l'incongruité de ses propos.

Feignant d'ignorer son trouble, le Duc demanda :

– Quelle est votre toile préférée?

Tempera ne répondit pas. La situation était complètement faussée. C'était à sa belle-mère que le Duc aurait dû poser ces questions et c'était Alaine qui aurait dû répondre. Comme Tempera ne se décidait pas à parler :

– Je veux le savoir, demanda le Duc avec autorité.

Incapable de résister, Tempera subissait

l'autorité du Duc, comme elle l'avait subie à leur première rencontre. Conscient du trouble où il l'avait plongée, le Duc répéta plus doucement :

– Répondez-moi, je vous en prie.

Dans un souffle, Tempera obéit :

– *La Madone à l'Église.*

– Je m'en doutais, dit-il avec un sourire. C'est aussi mon tableau préféré. C'est d'ailleurs une de mes propres acquisitions. Je continue les collections de mon père.

– Il a quelque chose d'indéfinissable, murmura Tempera, il est si différent des autres...

– Je sais, rien qui puisse être exprimé par des mots. Je vois que nous partageons la même impression.

– Des artistes comme Van Eyck étaient touchés par la grâce, ajouta Tempera. Ils ne peignaient pas seulement ce qu'ils voyaient.

Le Duc s'était penché vers elle, elle se sentait liée à lui par une communion très profonde, un élan qui venait du fond de leurs âmes.

Après un long moment, elle s'arracha au charme qui la retenait près de lui et se leva :

– Il faut que je parte, dit-elle d'une voix sourde. Il est tard...

– Pas assez pour ceux qui trouvent leur plaisir dans les salles de jeu, jeta le Duc avec mépris.

Aussitôt alarmée, Tempera songea que, puisque le duc n'aimait pas les joueurs, Alaine aurait dû revenir avec lui. C'était la deuxième fois qu'elle le laissait partir, préférant rester au casino.

– A quoi pensez-vous? demanda le Duc qui s'était levé à son tour.

– A rien de particulier ou qui vaille la peine...

Elle s'interrompit. Il l'approuva :

– Vous avez raison, pourquoi parler? La beauté du paysage suffit à la perfection de ce moment. Ce décor appartient à tous ceux qui l'aime, ajouta-t-il avec une grande douceur.

Violemment attirée vers lui, Tempera aurait voulu prolonger cet instant. Il le désirait aussi. Elle le savait. Pourtant, elle se détourna brusquement, s'éloigna rapidement dans un tunnel de verdure où plongeait le sentier et se mit à courir vers le château pour se mettre à l'abri de tentations auxquelles elle savait qu'elle ne pourrait résister.

CHAPITRE IV

Tempera retrouva un peu de calme, lorsqu'après avoir aidé sa belle-mère à se déshabiller, elle put se mettre au lit à son tour et s'enfouir sous les draps. Elle essaya de faire le point et de se remémorer avec lucidité les moments qu'elle avait passés au clair de lune avec le Duc.

Elle se jugea avec sévérité. Une fois de plus, elle avait agi avec une légèreté inexcusable. Comment s'était-elle laissée entraîner à parler peinture avec autant de passion? Comment pouvait-elle se monter la tête à ce point?

Le Duc lui avait fait cadeau de quelques toiles, ce n'était pas une raison pour se conduire comme une collégienne hystérique!

Elle lui apporterait son tableau et il en ferait ce que bon lui semblerait. En prétendant que son travail n'était pas assez bon, elle s'était montrée prétentieuse et son père aurait certainement désapprouvé son comportement. En dépréciant son œuvre n'avait-elle pas espéré un démenti du Duc?

Il s'était montré amical et attentif, elle avait manqué de simplicité. Elle se reprocha de s'être conduite comme une sotte depuis l'instant où il l'avait surprise dans le parc. Tout ce qu'elle avait dit et fait depuis lors lui paraissait coupable. Elle était désolée. Cependant, elle ne pouvait s'empêcher de penser au plaisir qu'elle avait eu près de lui. Ils avaient connu un moment de communion intense, de compréhension totale. Ils avaient échangé leurs idées sur des sujets auxquels ils étaient profondément attachés l'un et l'autre. De plus, Tempera était touchée par la délicatesse que lui avait manifesté le Duc. Combien parmi les invités qui fréquentaient le château en ce moment se seraient conduits avec une telle sollicitude envers une simple femme de chambre? Aucun d'entre eux.

Elle se rendit compte qu'elle s'engageait à nouveau sur un terrain dangereux. Il n'était pas question de s'abandonner à de vaines rêveries, elle était venue dans le Midi avec Alaine dans un but bien précis : obtenir que le Duc demande la main de sa belle-mère. Il fallait faire l'impossible pour que cette entreprise réussisse. Pour cela elle devait éviter de le rencontrer désormais, reprendre son rôle de femme de chambre et s'y tenir.

Si elle avait éveillé l'intérêt du Duc c'était uniquement parce qu'elle avait oublié de jouer la comédie. Eh bien, elle n'oublierait plus!

Elle se tournait et se retournait dans son lit sans trouver le sommeil. Elle résolut d'aller tout de suite déposer son tableau sur son bureau. C'était la seule manière de couper court.

Si elle persistait dans son refus de lui montrer sa toile, il s'entêterait à vouloir la posséder. La résistance attiserait son intérêt. Elle allait lui donner ce tableau et on n'en parlerait plus. Elle se leva pendant que tout le monde dormait encore. Décidément, c'était la meilleure solution.

Elle enfila une robe de chambre sur sa chemise de nuit, prit son tableau, et quitta sa chambre. Le jour se levait.

Dans le demi-jour, elle avait l'air d'un petit fantôme et elle sourit en imaginant l'effroi qu'elle causerait si une domestique matinale l'apercevait. Mais tout était calme. Pour ne pas déranger ses hôtes, le Duc avait décidé qu'on ferait le ménage tard dans la matinée si bien que la maison civile restait cantonnée dans les communs. Le hall était vide, chargé du lourd parfum des gerbes de lys qui le décoraient.

Chaussée de sandales sans talons, elle avançait sans faire de bruit. Elle traversa le grand salon pour entrer dans le bureau du Duc. Les rideaux étaient tirés et une faible lumière se glissait à travers les plis. Les toiles se détachaient en taches sombres sur les murs blancs, comme s'ils attendaient le plein jour pour faire éclater leurs couleurs.

Tenant sa toile à deux mains elle cherchait des yeux où elle la poserait afin que le Duc l'aperçoive dès son retour lorsqu'un bruit la fit tressaillir. Un homme se tenait devant une fenêtre. Ce n'était pas le Duc, mais lord Eustace.

Retenant son souffle, Tempera recula comme une ombre. Sur la pointe des pieds elle regagna le hall, et grimpa l'escalier quatre à quatre. Dans sa chambre, la porte refermée, elle s'adossa au battant. A l'idée que lord Eustace aurait pu la surprendre dans une tenue aussi légère, elle ne put réprimer un frisson. Elle savait trop bien ce qui se serait passé. Et le blâme serait retombé sur elle, les apparences étaient contre elle.

Mais lui, que faisait-il là? Elle l'avait

entendu regagner sa chambre. Elle s'en souvenait. Lorsque les invités étaient rentrés, Lady
Rothley, élevant la voix pour la prévenir de son
retour, avait souhaité bonne nuit à lady Holcombe qui lui avait répondu d'un ton mor-
dant :

— Bonne nuit, lady Rothley, j'espère que la
soirée vous a été agréable.

Elle avait tant appuyé sur « agréable »
qu'Alaine avait répondu sur le même ton :

— Très, ma chère, très!

Ensuite, Tempera avait entendu le Duc.
Elle avait prêté l'oreille. Il souhaitait également
bonne nuit à ses hôtes et il avait ajouté,
s'adressant à lord Eustace :

— J'espère que vous vous trouvez bien dans
la tour. C'est la chambre que je préfère, elle a la
plus belle vue.

— Votre hospitalité est princière, Velde.
Mais si je domine l'un des plus beaux paysages
qui soient, il m'arrive de regretter d'être seul à
en profiter!

Le Duc avait répondu légèrement :

— Il n'est malheureusement pas de mon
ressort de vous procurer ce que vous me suggé-
rez!

Les deux hommes s'étaient séparés en
riant. Tempera n'avait pas entendu la suite de

la conversation qu'ils avaient poursuivie en regagnant leurs chambres.

Elle ne comprenait pas pourquoi lord Eustace était redescendu si tôt. Cherchait-il une bonne fortune? C'était peu probable. En tous cas, elle l'avait échappée belle. L'ennui était qu'elle n'avait pu poser sa toile sur le bureau du Duc.

Il n'était pas question que le colonel Anstruther (ou qui que ce soit d'autre) découvre qu'elle faisait de la peinture et tombe sur son tableau. Elle voulait cependant tenir sa promesse, convaincue désormais que le Duc ne parlerait à personne de ce qu'elle considérait comme leur secret.

Ce matin-là, elle eut beaucoup à faire : une robe de sa belle-mère avait besoin d'une couture à l'ourlet. Par ailleurs Alaine avait taché l'un des modèles le plus cher de *Lucille,* une grosse éclaboussure s'étalait sur le corsage. Ces réparations, qui exigeaient une grande méticulosité, lui prirent du temps.

Après avoir pris son petit déjeuner très tard mais avec un bel appétit, lady Rothley déclara en s'étirant paresseusement :

– J'ai bien envie de rester couchée, aujourd'hui.

– Tu n'y penses pas, ma chérie, tu as un déjeuner.

Lady Rothley poussa un soupir et quitta le lit :

– J'allais l'oublier! Et le comte est invité. Il me l'a dit hier soir. Tu vois, cela suffit pour me remettre d'aplomb. Prépare-moi mon bain et après tu me coifferas pour que je sois très belle.

– Qui est ce comte?

– Il a un nom impossible : Caravargio, comte Vincenzo Caravargio. Pouh! Comment peut-on prononcer ça?

– Tu es sûre du nom?

– Évidemment.

– C'était un ami de papa.

– Je le sais! Il me l'a dit.

– Je l'ai déjà rencontré, il me connaît.

– Tu n'as pas dû lui faire grosse impression, il ne m'a jamais parlé de toi. Mais ton père et lui avaient des points communs.

– Cela va de soi, répondit Tempera impatiente, sais-tu qu'il possède une magnifique collection de sculptures? La Villa Caravargio, aux environs de Rome, est presque aussi célèbre que la Villa Borghèse.

– Ce qu'il possède ne m'intéresse pas et si tu essaies de me décrire ses statues, je vais crier! C'est lui qui m'intéresse! Lui, et les choses adorables qu'il me dit avec sa voix si chaude, si ardente, si veloutée!

– Écoute-moi, je t'en prie, j'ai entendu parler de lui depuis ma plus tendre enfance. Il s'est marié très jeune. Cela n'a pas marché. Actuellement, il est veuf depuis une dizaine d'années et je suis à peu près sûre qu'il n'a pas l'intention de se remarier.

– Tu as certainement raison. Il ne me parle d'ailleurs pas de mariage mais d'amour!

– Quand seras-tu raisonnable? L'amour! Bien sûr que ces hommes ne demanderaient pas mieux que t'avoir pour maîtresse, tu es si belle! Seulement nous ne sommes pas venues pour te trouver un amant, mais un mari!

– Tu as parfaitement raison, ma chérie, répondit lady Rothley, mais jamais je n'entendrai un mari me dire des choses aussi douces que celles que le comte murmure à mon oreille.

Tempera fit une grimace désespérée:

– Ce que je m'efforce à te faire comprendre c'est que le Duc t'a invitée parce qu'il s'intéresse à toi! Et au lieu de t'occuper de lui, tu passes ton temps avec un Italien qui n'a sans doute pas l'intention de se marier.

Lady Rothley se détourna du miroir où elle se contemplait :

— Je t'adore, chérie, tu es la plus exquise, la plus sensible et la plus raisonnable des belles-filles. Mais ne me gâche pas mon plaisir, j'aime tellement la compagnie du Comte!

— Je ne cherche que ton bonheur, Alaine. Je suis heureuse que tu t'amuses, j'ai seulement l'impression que tu compromets tes chances avec le Duc. Ne le néglige pas trop ouvertement. Nous ne pouvons nous le permettre. Songe à ce que nous allons trouver à notre retour en Angleterre! Une pluie de factures : les impôts, le loyer, les gages d'Agnès, que sais-je!

Lady Rothley quitta sa coiffeuse et s'avança vers la fenêtre, le regard perdu :

— Je vais être franche, Tempera, je crois que j'aime le Comte!

— Mais il est italien... et catholique. Il ne t'épousera jamais! Tu ne veux tout de même pas devenir sa maîtresse?

— S'il me le demande, je ne sais pas si je serais capable de lui résister, murmura lady Rothley.

— Alaine! s'écria Tempera au comble de l'horreur.

Lady Rothley s'approcha d'elle et l'étreignit :

– Écoute, ma chérie, je sais que c'est mal, mais c'est plus fort que moi.

Elle se jeta sur son lit et murmura pensivement :

– Dire que j'ai passé pour une femme frigide. Lorsque je me suis fiancée avec Harry, je croyais l'aimer et j'ai pleuré lorsqu'il a été tué. Mais ses baisers n'éveillaient rien en moi.

Elle poursuivit, sans regarder Tempera :

– Quand j'ai rencontré ton père qui était éperdument amoureux, j'ai été flattée d'être l'objet de son admiration et de son amour. De plus, j'étais fière de porter son nom.

Tempera aurait voulu l'arrêter mais elle ne parvint pas à prononcer un mot. Lady Rothley acheva sa confession :

– J'ai toujours été fidèle à Francis, et dévouée. Je me sentais en sécurité avec lui. Nous menions une vie passionnante.

– Je t'en prie, arrête! supplia Tempera

Perdue dans ses souvenirs, lady Rothley n'entendit pas :

– Lorsque nous faisions l'amour, je m'efforçais de lui plaire et de satisfaire ses caprices, mais jamais, jamais, je n'ai ressenti l'émotion qui me bouleverse dès que le comte m'adresse la parole. Quand il me baise la main, je brûle de lui tendre les lèvres!... Tu es trop jeune pour comprendre ces choses et je ne devrais pas te parler ainsi. Pourtant parfois, tu sais, je me sens plus jeune et plus naïve que toi. Je me trouve dans la situation d'une toute jeune fille qui n'a jamais connu un amour total parce que je n'ai pas été une femme comblée.

Sa voix se cassa, ses yeux se remplirent de larmes :

– Que vais-je devenir?

Tempera s'approcha du lit et l'embrassa :

– Ne pleure pas, ma chérie, nous trouverons bien un moyen de nous en tirer!

– C'est impossible, s'écria lady Rothley en sanglotant. Je sais qu'il ne m'épousera pas, mais je l'aime. Je l'aime! Je suis amoureuse, follement! Je ne peux plus réfléchir raisonnablement. Je l'aime, Tempera, comprends-tu?

Tempera mesurait l'ampleur du désastre, mais elle ne pouvait supporter de voir sa belle-mère pleurer. Elle lui sécha ses larmes et lui caressa les cheveux, comme on calme un enfant.

– Ne pleure pas, tu vas devenir affreuse et ce n'est vraiment pas le moment! N'oublie pas que tu seras placée entre le Duc et le Comte à déjeuner. Ce sera du propre si tu as les yeux rouges. Tes rivales se lécheront les babines de satisfaction. Je t'en prie, ne pleure plus, il faut que tu sois la plus belle et que tu rayonnes!

Fouettée par ce discours énergique, lady Rothley se redressa, se moucha, et murmura dans un soupir :

– Mais si ni l'un ni l'autre... ne se décide... à m'offrir quoi que ce soit?

Elle hoquetait encore un peu.

– Le Comte te fera des propositions que tu connais d'avance, répondit Tempera froidement. C'est un coureur invétéré, tout le monde le sait! Deviens d'abord Duchesse, Alaine! C'est la chose à faire. Après, rien ne t'empêchera de revoir le Comte si tu en as toujours envie, après seulement.

Au désespoir, lady Rothley répondit :

– Comment pourrais-je en épouser un autre quand c'est le Comte que j'aime?

Tempera soupira. Fallait-il perdre tout espoir de faire entendre raison à sa jolie belle-mère? Elle se conduisait comme une jeune fille à son premier bal. D'habitude, pourtant, elle était très habile, elle avait le talent de faire croire tout ce qu'elle voulait à ses interlocuteurs masculins, les hommes étaient fous d'elle et elle savait les conduire où elle voulait aller. Cette fois, non seulement elle avait un comportement de collégienne, mais elle semblait décidée à se laisser guider par ses sens. Il n'était jamais rien arrivé de tel.

Pendant que Tempera l'habillait, Alaine ne fit pas autre chose que parler du Comte. Elle passait de l'abattement le plus profond au plus complet enthousiasme. Mais Tempéra voulait des précisions :

— Tu as dit tout à l'heure quelque chose qui m'inquiète. Que feras-tu s'il te demande de devenir sa maîtresse?

Lady Rothley poussa une exclamation choquée, mais à aucun moment elle ne rejeta cette idée. Comme elle se détournait, Tempera poursuivit, impitoyable :

— Très bien! Mais si tu cèdes, ta réputation est perdue pour toujours. Tu le sais. Tu ne peux pas partir avec le Comte au vu et au su de tous et revenir tranquillement ensuite en Angleterre comme si de rien n'était. Personne ne te le pardonnerait. Il y en a qui font bien pire, mais c'est en se cachant. Dans cette sorte d'affaire, il y a une règle, et malheur à qui la transgresse, cette règle est la discrétion absolue. On fermera les yeux, on te pardonnera, si tu respectes les règles du jeu.

— Je le sais...

– C'est normal, d'ailleurs... Lorsque personne ne sait rien... lorsque l'on feint d'ignorer ces choses, tout rentre bientôt dans l'ordre. Les conjoints volages regagnent vite le toit conjugal... jusqu'à la prochaine escapade. Mais toi, tu n'es même pas mariée. Personne ne fera rien pour étouffer le scandale, si tu pars avec un homme aussi connu pour ses aventures féminines.

Devant l'inertie de sa belle-mère, Tempera poursuivit :

– Et s'il t'abandonne après t'avoir séduite, que deviendras-tu?

– Il n'est pas homme à me laisser sans ressource.

– Quand bien même! Toutes les portes te seront fermées! Plus un bal, plus un souper, plus une de ces fêtes ou de ces invitations qui te plaisent tellement!

– Je le sais, s'écria lady Rothley en se tordant les mains, mais qu'y puis-je? Je l'aime, Tempera, je l'aime!

– N'en parlons plus. Vivons au présent, sans nous tracasser pour l'avenir. Qui sait ce qui peut arriver? Hier, tu as été la reine de la soirée. Sois aussi belle aujourd'hui. Que ce déjeuner soit un succès pour toi, ma chérie. Comme disait papa, quand cela marchait de travers : « On verra bien demain, au diable le reste... »

— Oh, Tempera! s'écria lady Rothley scandalisée par le juron, puis elle éclata de rire :

— Je t'adore, chérie.

Son visage s'était éclairé, ses soucis paraissaient oubliés. Elle était redevenue l'adorable et insouciante jeune femme que tous admiraient. Elle résuma la situation en riant :

— Il fait beau, nous sommes chez le duc de Chevingham et un Comte, le plus séduisant de tous, veut me faire l'amour. Qu'est-ce qu'une femme peut souhaiter de plus?

— Rien, sinon d'être aussi belle que toi.

— Tu vas voir, ils n'en reviendront pas. Rosie Holcombe en crèvera de jalousie.

Lady Rothley sortit dans un tourbillon de tulle.

Tempera rassembla ses souvenirs sur ce que son père lui avait dit du comte de Caravargio. Elle-même l'avait rencontré à deux ou trois reprises, mais elle n'était alors qu'une collégienne et il ne lui avait guère prêté attention. Pourtant, il passait pour avoir une mémoire infaillible. La prudence élémentaire consistait donc à l'éviter.

Le comble serait qu'il découvre leur supercherie : lady Rothley obligeant sa belle-fille à lui servir de femme de chambre! C'était le genre d'histoire dont tout le monde raffolait. Les ragots s'amplifieraient des cuisines aux salons les plus fermés. Ils seraient gonflés, déformés, changés en conte de fées, où la méchante belle-mère bat la pure héroïne et l'astreint aux tâches les plus viles.

« Cela fait trois hommes que je dois fuir comme la peste pour éviter des histoires : le Duc, hélas; lord Eustace, et le Comte, » songea Tempera.

Ce qu'elle entendit au cours du repas, qu'elle prit en compagnie des deux autres femmes de chambre, renforça ses craintes. Les grands sujets d'intérêt des domestiques étaient les petits potins : lady Holcombe avait perdu une somme considérable au baccarat, et son mari l'avait prise à parti en public. Sir William Barnard, en revanche, avait gagné une petite fortune, lui qui était déjà si riche! Mais il y avait eu un scandale au casino lorsqu'une femme, assise à la même table que lui, l'avait accusé d'avoir ramassé sa mise à elle en même temps que ses propres gains.

Tempera était stupéfaite de voir comment les domestiques apprenaient ces ragots, s'en délectaient, les faisaient circuler. Elle était probablement la seule de la corporation à rester étrangère à ces cancans.

Les autres renchérissaient :

– Je connais une bien meilleure histoire, affirma miss Briggs, en se versant une tasse de thé.

Miss Smith dressa l'oreille.

– Encore une frasque de lord Eustace?

– Tout juste!

– Eh bien, qu'attendez-vous? Racontez!

– Ce matin, en me rendant dans la chambre de ma patronne, j'ai entendu des bruits venant de la tour!

– Et alors? demanda miss Smith, les yeux brillants de curiosité.

– J'en ai fait tomber le linge que je portais! Pendant que je le ramassais, j'ai vu Madeleine sortir de sa chambre!

– Madeleine? Qui est-ce?

– La grande, celle qui a une poitrine comme une avant-scène! précisa miss Briggs.

– Ah oui, cette effrontée, laissa tomber miss Smith.

– Eh bien, Madeleine sortait de la chambre du Lord, les cheveux en désordre, les vêtements rajustés à la hâte; et lui, en bras de chemise se tenait dans l'embrasure de la porte.

– Mon Dieu! s'exclama miss Smith, il court donc toujours après les femmes de chambre?

– Apparemment! Pourquoi voulez-vous qu'il change? Je me souviens qu'il y a deux ans, lorsque nous étions dans le Nord, chez le duc de Hull...

Miss Briggs se lança dans une sombre histoire d'où il ressortait que lord Eustace avait une prédilection pour les jeunes soubrettes. Elle avait entendu dire qu'il avait séduit une petite nurse que l'on avait aussitôt chassée ignominieusement. Tempera n'écoutait plus. Décidement, elle l'avait échappé belle, ce matin. Mais quel être méprisable était donc cet homme! Elle songea que le Duc devait ignorer ces choses. A moins, songea-t-elle soudain, qu'il ne partage son goût pour les amours ancillaires?

Elle rougit et s'en voulut de cette pensée. Comment, lui, si noble, qui parlait d'art avec tant de délicatesse et de sensibilité, avait-elle osé le comparer, ne fut-ce qu'un instant, à un lord Eustace? Elle repoussa cette idée. Elle était prête à répondre du Duc, de la noblesse de ses sentiments, de son honnêteté.

Il lui avait manifesté de l'intérêt, à elle, Tempera. Mais il lui avait parlé peinture. Au fond, cela n'avait rien d'extraordinaire, la peinture était sa passion. Il lui avait tenu des propos sans lendemain, rien d'autre. Mais elle ne pouvait pas se dissimuler qu'elle était très attirée par lui. Cela faisait une raison de plus pour l'éviter. S'éloigner de lui. Elle se sacrifiait volontiers pour sa jolie belle-mère. Encore fallait-il persuader Alaine de dissimuler quelque peu son penchant pour le comte Caravargio.

Tempera se souvenait assez bien du Comte. Pourtant elle n'était qu'une enfant lorsqu'elle l'avait rencontré. Il lui avait paru très vieux alors puisqu'il avait le même âge que son père. Mais séduisant, il l'était, avec son beau visage de patricien romain, ses yeux sombres qui lançaient des flammes, sa voix chaude et prenante, son humour si différent de celui de ses compatriotes, aussi léger et pétillant que du champagne devant un plat de porridge anglais. Rien d'étonnant que sa belle-mère ait été séduite. Et, c'était bien là le drame, la seule éventualité qu'elle n'avait pas envisagée, que la jolie Alaine tombe amoureuse pour la première fois de sa vie!

Si elle persistait dans cette folie, les conséquences seraient désastreuses. Mais était-elle capable de vaincre la passion qu'elle éprouvait pour le Comte?

Les invités déjeunaient sur la terrasse. Tempera avait du temps libre; elle décida d'en profiter pour retourner dans le bureau du Duc.

La voie devait être libre, le ménage avait été fait dans les pièces du rez-de-chaussée. Les domestiques s'étaient retirés en attendant la fin du repas. Les maîtres d'hôtel et les serveurs étaient occupés sur la terrasse où on avait dressé la table sous une tonnelle de bougainvillées.

Le stratagème du mouchoir oublié pourrait servir encore si elle faisait une rencontre inopinée.

Le salon était désert. On y entendait le bruit des conversations qui venaient de la terrasse. En allant vers le bureau du Duc, Tempera jeta un coup d'œil aux tableaux de la galerie; elle les regardait à présent comme de vieilles connaissances. Elle ouvrit doucement la porte et passa la tête. Personne. Elle respira. Elle entra et déposa son tableau sur le bureau, cherchant une place au milieu des objets précieux qui s'y trouvaient : un sous-main de cuir de Russie aux coins et aux armoiries d'argent, un encrier Charles-II, un presse-papier.

Elle ne voulait pas s'attarder, cependant son regard fut irrésistiblement attiré par l'œuvre de Léonard de Vinci. La reproduction était excellente et Tempera se dit qu'elle avait dû être faite d'après l'original du Louvre plutôt que d'après une copie de la National Gallery.

Elle se souvenait des paroles de son père, elle se demandait pensivement :

« Est-il possible que je lui ressemble vraiment ? »

Le visage de l'ange lui était aussi familier que ses propres traits dans un miroir.

Mais s'il était vrai que la ressemblance était aussi frappante, le Duc qui voyait la toile chaque jour, lui en aurait sûrement fait la remarque et cela d'autant plus qu'ils avaient justement parlé des toiles qui décoraient son bureau.

Mais il n'avait rien dit. Il s'apercevra peut-être plus tard de cette ressemblance, se dit Tempera. En même temps, elle rejetait cet espoir et les implications qu'il comportait.

En partant, elle s'arrêta devant la *Madone à l'Église,* admirant le rouge de la robe, la couronne qui ornait la tête de la Vierge, la lumière qui tombait des fenêtres gothiques de l'église.

Mais elle se crispa soudain, cligna les yeux, s'éloigna, se rapprocha à nouveau. Quelque chose n'allait pas, le charme n'opérait plus, le tableau semblait mort.

Sans hésiter, elle le décrocha du mur, l'approcha de la fenêtre et le mit en pleine lumière : c'était un faux !

Sans réfléchir à ce qu'elle faisait, elle s'enfuit et alla se réfugier dans le parc. Un sentier la conduisit sous des oliviers, au bord de la falaise, dans un coin solitaire, en friche. Elle s'assit dans l'herbe et s'adossa au tronc noueux d'un olivier centenaire.

Peu à peu, ses idées se mettaient en place. L'évidence qui lui sautait aux yeux n'était guère rassurante. A peine avait-elle échappé à un danger qu'un autre la menaçait.

Il était clair que l'on avait substitué à l'original de la *Madone à l'Église* une bonne copie qui pouvait faire allusion à des yeux non avertis. Le nom du coupable était également évident : lord Eustace!

Qui d'autre avait eu la possibilité d'accomplir ce forfait? Tempera se souvenait de la scène du matin avec précision. Lorsqu'elle avait aperçu lord Eustace, il se trouvait précisément devant le tableau. Il était probable qu'il venait d'opérer la substitution et avait reculé d'un pas pour juger de l'effet. A une minute près, elle l'aurait manqué et, quand bien même elle se serait rendue compte du changement, il lui aurait été bien difficile de savoir sur qui porter ses soupçons.

D'ailleurs, si la *Madone à l'Église* n'avait pas été son tableau de prédilection, – et celui du Duc – peut-être n'aurait-elle pas remarqué qu'il s'agissait d'un faux.

Il avait fallu un ensemble de circonstances assez exceptionnel pour qu'elle s'aperçoive de la substitution. Mais il lui était impossible de dénoncer le vol. C'était risquer de dévoiler sa véritable identité. De plus, même si personne n'avait l'intention de donner une suite juridique à l'affaire et d'intenter une action en justice, les domestiques seraient évidemment soupçonnés. Elle serait au premier rang des suspects. Il faudrait qu'elle prouve son innocence. Ce ne serait pas facile car elle était une coupable toute désignée. Elle n'avait pas caché qu'elle savait peindre, elle séjournait au château sous une fausse identité, et avait admiré avec passion les collections du Duc. Le pire était qu'elle s'était rendue dans les appartements privés à un moment où elle n'avait rien à y faire, lord Eustace pouvait utiliser cet argument, le retourner contre elle, et la perdre.

Emportée par son imagination, elle se figurait le scandale imminent et ses conséquences désastreuses. Mais garder le silence ne l'avancerait à rien non plus. En effet, le comte Caravargio allait passer quelques jours à Bellevue. Le

Duc lui ferait voir ses plus belles toiles, ils en parleraient. La supercherie leur sauterait aux yeux.

Dans une situation qui lui paraissait inextricable, elle songea à quitter le château au plus tôt et à regagner l'Angleterre avant qu'on ne découvre le vol. Mais où qu'elle aille, on la retrouverait et sa fuite la dénoncerait. Prise au piège, elle se voyait perdue et tremblait à l'idée d'entraîner sa belle-mère dans sa perte.

Elle connut un moment de profond désespoir, joignit les mains et fit une prière fervente :

— Papa, j'ai besoin de ton aide, ne m'abandonne pas !

CHAPITRE V

Instinctivement, Tempera recula dans l'ombre du feuillage. Comme un animal blessé, elle cherchait à se cacher. Elle avait peur et se sentait menacée.

Si seulement, le Comte n'avait pas été invité au château! On aurait découvert la substitution beaucoup plus tard. Les invités ne voyaient que ce qu'ils s'attendaient à voir et le Duc lui-même, ne devait pas examiner des tableaux de près tous les jours. Il n'avait aucune raison d'agir autrement. En revanche, en compagnie d'un amateur éclairé, il se lancerait sûrement dans de longues discussions sur la valeur de chaque tableau et la technique de leurs auteurs.

Que faire?

Les yeux perdus dans le vague, elle ne voyait rien du magnifique paysage qui l'entourait, indifférente au bourdonnement des abeilles qui butinaient les jacinthes, les jonquilles et les anémones, au parfum puissant des touffes de thym et de fenouil qui poussaient dans les anfractuosités de la falaise.

Mais une voix moqueuse la tira de sa rêverie :

– Je connais de meilleures cachettes!

Elle leva les yeux. Elle était incapable de dissimuler son trouble au Duc qui poursuivit :

– Que vous est-il arrivé? Pourquoi avez-vous l'air si triste?

Elle baissa la tête sans répondre. Il s'assit près d'elle.

– Qu'est-ce qui vous tracasse?

Il y avait dans sa voix une inflexion tendre que Tempera n'avait encore jamais entendue.

– Ce n'est rien, balbutia-t-elle.

Elle mesura aussitôt la stupidité de sa réponse : de toute évidence tout allait mal. Aussi se reprit-elle pour ajouter vivement :

– Ce n'est pas vrai, mais je préfère ne pas en parler.

– Même à moi?

Comme elle secouait la tête en signe de dénégation, il ajouta avec un sourire :

– Pourquoi vous cachez-vous? Je peux

vous retrouver n'importe où! J'ai passé mon enfance dans ce parc, j'en connais les moindres recoins. Mes nurses, et mes maîtres avaient toutes les peines du monde à me retrouver à l'heure des repas ou des études!

Tempera rougit. Elle aurait aimé l'entendre parler de son enfance, de ses jeux, de ses incartades et se laisser bercer par sa voix prenante qui la captivait.

Mais elle se souvint à temps de la position qu'elle était supposée occuper et de l'incongruité qu'il y avait pour une femme de chambre à se trouver assise à côté du Duc. Elle dit, avec l'humilité qui convenait à son rang:

— Si votre Grâce a fini de déjeuner, je dois rentrer au château. Lady Rothley a certainement besoin de mes services.

— Trop tard! Votre maîtresse n'a plus aucun besoin de vous, elle vient de partir essayer la nouvelle automobile du comte Caravargio

— Oh non! laissa échapper Tempera.

Le Duc se méprit:

— Il ne faut pas vous faire de souci. Je vous garantis que le comte est un excellent conducteur et sa voiture est aussi sûre que belle. Il doit la présenter au concours d'élégance de Monaco!

Ce n'étaient évidemment pas les risques d'accident qui inquiétaient Tempera mais de la voir partir seule avec le comte sous le nez du Duc. Elle entendait d'ici les sous-entendus, ragots et cancans dont cette nouvelle escapade ferait l'objet.

— Rassurez-vous. Lady Rothley n'est plus une enfant et, n'y voyez aucune critique de ma part, je la crois fort capable de prendre soin d'elle toute seule.

Tempera répondit lentement, choisissant soigneusement ses mots :

— Lady Rothley est... très impulsive. Trop généreuse aussi, elle ne sait pas refuser...

— Et vous, vous êtes trop bien élevée et trop diplomate pour le dire brutalement, mais je crois que vous n'approuvez pas cette sortie avec le comte, remarqua le Duc.

— Je ne me permettrais pas de porter un jugement quelconque. Je crains seulement que les Italiens, avec leur exubérance et leur exagération natives, ne comprennent pas toujours les Anglais, je devrais peut-être dire les Anglaises...

— D'où vous vient cette connaissance de l'Italie et de ses habitants? A votre âge, miss Riley, et dans votre situation, vous possédez une expérience surprenante, dit le Duc, narquois.

Tempera s'était avancée imprudemment sur un terrain mouvant. Elle avait voulu convaincre le Duc que sa belle-mère était inexpérimentée; elle avait atteint le résultat contraire.

Le Duc la regardait. Le silence n'était troublé que par le bruit d'un ruisselet qui tombait en fine cascade dans une pièce d'eau, en contrebas.

Le Duc reprit d'un ton détaché :

– Je vais vous confier un secret que j'ai découvert lorsque j'étais enfant. Près de la pièce d'eau, se trouve une grotte creusée dans la falaise. Personne n'en connaît l'existence sauf moi. C'est une cachette inviolable.

Il se moquait d'elle. Elle l'avait mérité.

– Je ne me cache de personne, Votre Grâce! Mais ma place n'est pas ici. Je ne peux pas rester avec vous. Il faut que je rentre.

– Si vite?

– Oui, si quelqu'un venait... ne trouverait-on pas étrange... de nous voir ensemble?

– Qui pourrait venir? Soyez logique, vous avez choisi ce coin pour être tranquille! Et en effet, personne, hormis vous et moi, ne le connaît.

– Je ne savais pas que vous me suivriez.

– Je m'en aperçois, mais je veux vous remercier pour votre cadeau! Car, c'est bien pour me la donner que vous avez déposé votre toile sur mon bureau?

– Oui, balbutia Tempera, si Votre Grâce veut bien l'accepter.

– Cela me fait le plus grand plaisir. Je n'ai pas la faconde de nos amis Italiens et je vous dirai simplement que je vous trouve beaucoup de talent.

Tempera rougit et bredouilla des remerciements. Le Duc poursuivit :

– Je pensais vous trouver en train de peindre. Vous avez bien reçu les toiles que je vous ai envoyées?

– Oui, dit Tempera en rougissant de plus belle.

– Pourtant, vous ne peignez pas? Pourquoi êtes-vous venue vous réfugier ici! Pourquoi êtes-vous si inquiète?

Tempera eut un geste d'impuissance. Comment lui faire comprendre la situation incohérente dans laquelle elle se trouvait? Elle, ici, près de lui, pendant que sa belle-mère se compromettait avec son amoureux.

– Habituellement, les gens se confient volontiers à moi, et je crois pouvoir dire qu'à une exception près, j'ai pu les aider, vous n'avez pas confiance en moi?

– Ce n'est pas cela! Je n'ai pas le droit...

répondit Tempera, luttant pour ne pas céder à cette voix chaleureuse qui la troublait. Je dois vous paraître idiote, ne m'en veuillez pas, mais c'est un problème que je dois régler seule.

– Vous le croyez vraiment?

Tempera se tourna vers lui; le Duc avait la voix pressante. Son regard l'attirait invinciblement. Leurs yeux se croisèrent. Tempera était déchirée par des sentiments inconciliables. D'un côté, elle savourait la rareté de cet instant, elle éprouvait le désir de se confier, de l'autre, elle était arrêtée par tout ce qu'il y avait de faux dans sa situation.

Le duc insista :

– Confiez-vous à moi.

Il tendit les bras. Au prix d'un effort surhumain, Tempera ne s'y blottit pas. Mais, en rompant ainsi le charme, elle ressentit une véritable douleur physique.

Elle se leva en tremblant et balbutia :

– Il faut que je rentre... Laissez-moi partir, je vous en supplie. Il ne faut plus que nous nous rencontrions... Je ne peux pas vous dire pourquoi, mais il ne faut plus.

Elle ravala un sanglot et se précipita dans le sentier qui grimpait vers le château. Dans sa chambre, elle se jeta sur son lit, enfouit son visage dans son oreiller et donna libre cours à son désespoir.

– Qu'ai-je fait pour être aussi malheureuse?

***

La randonnée en automobile avec le Comte avait mis lady Rothley au comble de la joie. Elle rayonnait de bonheur. L'amour la transfigurait : elle était d'une séduction irrésistible.

– Tu n'étais pas là, Tempera, lorsque le Comte m'a demandé d'aller essayer sa nouvelle auto, mais je me suis débrouillée. J'ai trouvé une veste de fourrure pour me couvrir et très gentiment, lady Barnard, m'a prêté un voile pour me protéger du vent.

Elle ne tenait pas en place. Après avoir jeté ses affaires sur le lit, elle s'élança dans les bras de Tempera en s'écriant :

– Quelle aventure prodigieuse! Nous filions comme un oiseau, à plus de vingt-cinq kilomètres à l'heure! Vincenzo m'a promis que, la prochaine fois, il m'emmènerait dans sa voiture de course qui fait du cinquante! Te rends-tu compte? C'est incroyable qu'on puisse rouler à une telle vitesse!

D'une voix machinale, Tempera répondit :

– Tu n'aurais pas dû aller avec lui!

– Et pourquoi? Personne n'est aussi atten-
tionné que lui. Cela me faisait tellement plaisir.
Jamais je ne me suis autant amusée.

– Essaie de comprendre, demanda Tempera d'un air suppliant. Je sais ce que tu
éprouves. Mais imagine que tu lui cèdes? Quel-
les garanties as-tu? si dans les mois, ou les
années qui suivent, il se lasse de toi?

– Je ne sais pas et peu m'importe, répliqua
lady Rothley. Je l'aime, et, lorsqu'il est près de
moi, les autres hommes n'existent plus.

– Pas même le Duc?

– Tu ne me croiras pas, répondit Alaine
avec une soudaine gravité, mais si le Duc me
demandait de l'épouser en ce moment, je refu-
serais!

– Je ne te crois pas!

– Non, non et non! cria lady Rothley en
tapant sur la table. J'aime Vincenzo. Que
m'importe le reste.

Loin de céder, Tempera répondit froidement :

– Nous devions rester une semaine de plus
au château, mais dans ces conditions, nous
n'avons plus qu'à plier bagage et rentrer à
Londres.

Comme si elle n'avait pas entendu, lady
Rothley murmura à voix basse :

– La nuit dernière, il parlait de retourner en Italie.

– Mais pas de te rejoindre à Londres?

– Non!

– Est-ce qu'il t'a parlé de ses intentions à ton égard?

Lady Rothley se couvrit le visage de ses mains :

– Cesse de me torturer! Je sais très bien où tu veux en venir. Je ne suis pas aussi stupide que tu le crois! Mais comment pourrais-je lui résister? Je n'ai jamais été aussi heureuse et tu voudrais que je me prive de ce bonheur?

Elle sanglota :

– Que vais-je devenir?

– Je ne sais que répondre, dit Tempera d'une voix sourde.

Elle-même ne savait plus où elle en était. Elle tremblait à l'idée que fatalement on découvrirait le faux tableau. D'une manière ou d'une autre, il y aurait une enquête et on découvrirait par quelle supercherie elle se faisait passer pour une femme de chambre. Même si elle parvenait à s'innocenter, ce qui n'était pas certain, les journalistes fouilleraient dans la vie de chacun, ils découvriraient la pauvreté de lady Rothley et feraient des gorges chaudes avec les expédients auxquels elle était réduite. Tout le monde saurait qu'elle n'avait pas les moyens de s'offrir une femme de chambre.

Le scandale atteindrait la mémoire de son père. On le mépriserait parce qu'il avait été incapable d'assurer une existence décente à sa veuve et à sa fille.

Tout se passerait comme au jeu de dominos où le premier qui tombe entraîne la chute des autres. L'avalanche les emporterait pour les détruire. La réputation de sa belle-mère serait ternie à jamais.

Il faut que je la sauve du désastre, se dit Tempera, il doit bien y avoir un moyen.

Pour le moment, elle n'en voyait aucun.

Lady Rothley se déshabilla :

– Je vais me reposer un peu, la soirée risque de se terminer au petit jour.

– Où allez-vous, cette fois?

– Chez le grand duc Boris, à Monte Carlo. Il donne une fête à *l'Hôtel de Paris*, nous danserons avant de finir la nuit au casino!

– Alors, je prépare ta robe blanche.

Tempera parlait machinalement. Ses pensées étaient ailleurs.

– D'accord, je crois aussi que la blanche sera très bien, assura lady Rothley en bâillant. Laisse-moi dormir, maintenant, réveille-moi au dernier moment pour m'habiller, comme cela nous n'aurons pas le temps de discuter de ces choses qui m'attristent tellement.

– Tu as raison, ma chérie, sois belle et heureuse, c'est tout ce que je souhaite, répondit Tempera dans un élan de tendresse.

Lady Rothley s'étendit voluptueusement dans les draps immaculés. Tempera tira les rideaux.

Combien de temps cet équilibre instable allait-il durer?

Il n'y avait pas un bruit dans le château. Les invités se reposaient en prévision de la fête chez le grand duc Boris. Tempera ne put résister à l'envie de retourner voir la *Madone à l'Église* pour s'assurer qu'elle n'avait pas été le jouet de son imagination. Elle ne possédait certes pas l'expérience de son père dans ce domaine mais son instinct pouvait-il la tromper? Lorsqu'elle avait tenu la toile entre ses mains, près de la fenêtre, elle avait acquis la conviction qu'il s'agissait d'un faux, d'une copie, pas de l'original. C'était l'évidence. Elle voulait s'en assurer. Mais, une fois encore, elle allait courir le risque d'être surprise. Elle se demandait s'il ne serait plus sage d'en parler d'abord au Duc, mais au fond d'elle-même elle savait qu'elle n'en ferait rien : elle voyait clairement ce qu'elle devait faire.

Elle n'informerait personne de sa découverte. Elle connaissait le coupable. Elle voulait retrouver l'original dans les affaires de lord Eustace, et le remettre à sa place chez le Duc. Si elle parvenait à opérer cette substitution discrètement, elle éviterait le scandale. C'était la meilleure solution. En cas d'échec les conséquences seraient graves pour elle et pour sa belle-mère mais elle ne pouvait pas supporter de voir le Duc, pour qui son cœur battait, elle se l'avouait, dépouillé d'une œuvre à laquelle il tenait tant alors qu'elle pouvait sans doute empêcher ce vol. La solution était là, à portée de la main. Elle savait ce qu'elle avait à faire. Un frisson d'excitation la parcourut à l'idée d'hasarder cette entreprise.

Il fallait faire vite. Lord Eustace pouvait se débarrasser de l'original d'un moment à l'autre. Elle s'assit sur le lit et ferma les yeux un moment. Elle essayait de se mettre à la place du voleur. Qu'aurait-elle fait?

Elle voyait toute la scène sous ses paupières closes : lord Eustace entrait dans le bureau, et décrochait le tableau pour le remplacer par la copie. Il repartait dans sa chambre, à pas de loup, comme il était venu. Il avait une cachette. C'était elle qu'il faudrait découvrir. Une cachette aussi pratique qu'insoupçonnable. Qu'est-ce que cela pouvait être? Ce n'est pas si facile de dissimuler une toile. Et après, une fois qu'il avait caché la toile, que faisait-il? Il laissait passer quelque temps. Il ne pouvait pas s'en aller brusquement sans attirer l'attention. Il ne pouvait pas non plus s'attarder indéfiniment. Il avait sûrement organisé quelque chose. Il se ferait sans doute envoyer un télégramme d'Angleterre, demandant son retour. En attendant, le tableau se trouvait toujours dans sa chambre. Il fallait le reprendre.

Tempera était convaincue que les connaissances artistiques de lord Eustace étaient limitées. Lorsqu'elle aurait remis le faux à la place de l'original, il serait incapable de s'en apercevoir.

Elle se réjouit à l'idée de la terrible déconvenue de lord Eustace et de son acheteur lorsqu'ils se rendraient compte qu'il s'agissait d'une copie du Van Eyck et non pas de l'original. Elle était sûre que le tableau était déjà vendu, sans doute à un riche Américain désireux d'enrichir sa collection de cette pièce unique et prêt à fermer les yeux sur ses origines.

Pour réaliser son projet Tempera devait s'introduire dans la chambre de lord Eustace, trouver l'original, le remplacer par la copie, et remettre la vraie toile à sa place. Elle se rendait compte de la difficulté de l'opération et des risques qu'elle allait courir.

Comment se justifier, si on la surprenait dans ses allées et venues dans une partie du château où elle n'avait rien à faire?

Ses antécédents, ses connaissances en matière d'art, le fait qu'elle se soit introduite chez le Duc sous une fausse identité, tout indiquerait la préméditation et le coup monté. Elle aurait beau protester de son innocence, personne ne la croirait.

– Tant pis, murmura-t-elle à mi-voix. Il est trop tard pour reculer.

Il fallait d'abord trouver le meilleur moment pour s'introduire dans la chambre de lord Eustace. Par bonheur, il n'avait pas de valet de chambre. Cela facilitait les choses, éliminant le risque de tomber sur un domestique dont le service n'avait pas d'horaires précis. Le personnel qui dépendait du colonel Anstruther, travaillait en équipes. Ce n'était pas difficile de connaître leur emploi du temps. La plupart du temps, après les repas, serveurs et valets profitaient de leur liberté et restaient cantonnés dans leurs quartiers.

A ce moment, Tempera pourrait mettre son plan à exécution. Il lui restait une demi-heure avant de réveiller sa belle-mère et de l'aider à se préparer pour la soirée chez le grand Duc. Elle en profita pour passer en revue les cachettes possibles où lord Eustace aurait pu dissimuler la toile. Pour un tableau d'aussi petites dimensions, les endroits ne manquaient pas.

Son père lui avait raconté quelques vols célèbres : à Rome, des voleurs avaient coupé les toiles au ras des cadres, les avaient roulées, prises sous le bras; ils étaient sortis du musée sans difficultés. La police, qui avait une idée de l'identité des voleurs, espéraient les arrêter lorsqu'ils voudraient quitter la ville. Les gares avaient été surveillées, les bagages fouillés avec soin, chaque valise sondée pour détecter un éventuel double fond, chaque colis ouvert. Mais les bandits n'avaient pas manqué d'imagination. L'un d'entre eux avait fabriqué une canne, un jonc creux à l'intérieur duquel il avait glissé une toile roulée comme un cigare. Un autre, marchait avec une jambe raide comme s'il souffrait de la goutte. La vérité est que les toiles étaient enroulées autour de sa jambe, du genou aux chevilles. Un autre encore avait fixé une toile sur son dos, le dernier enfin en avait dissimulé une petite dans la doublure de son chapeau. C'est lui qui avait été découvert, et par lui on avait attrapé toute la bande par le plus grand des hasards. A la gare, une dame lui avait demandé un renseignement. Les policiers avaient alors remarqué avec surprise qu'il ne se découvrait pas pour lui répondre. Ce manque de courtoisie lui a valu dix mille livres d'amende et sept ans de prison!

Mais dans une chambre, il y avait d'autres cachettes possibles : sous un tapis ou derrière un autre tableau accroché au mur. Sûrement pas dans ses bagages car c'est là qu'on cherche d'abord.

Mais *la Madone à l'Église* était si petite qu'on pouvait la dissimuler entre les pages d'un journal, la glisser derrière une photographie de famille...

— Tu parais bien pensive, ma chérie, lui dit lady Rothley pendant qu'elle la coiffait.

— Je cherche à te rendre la plus belle possible.

— Cela va être une soirée magnifique, reprit sa belle-mère avec un sourire radieux, je le sens!

La sieste avait effacé sa fatigue et dissipé ses soucis. Elle avait retrouvé sa forme éblouissante. Dans sa robe blanche, elle avait vraiment l'air d'une déesse.

— Tu éclipses toutes les autres, s'exclama Tempera, en se demandant si ce n'était pas la dernière soirée où lady Rothley pourrait triompher impunément.

Demain, peut-être, seraient-elles obligées de déguerpir sous l'opprobre générale et de se réfugier dans leur petite maison de Curzon Street.

Ce serait trop injuste. Tempera était décidée à faire tout ce qui était en son pouvoir pour empêcher une telle avanie. Curieusement, elle se sentait optimiste, comme si son père la soutenait et la conseillait. Elle sentait sa présence invisible avec tant de force qu'elle joignit les mains et murmura une fervente prière :

— Ne m'abandonne pas, papa! Aide-moi à trouver cette toile.

Elle espérait qu'elle sentirait un signe, une onde, au moment où elle s'approcherait de l'endroit où était cachée *la Madone à l'Église*, elle aimait tant cette œuvre!

Elle entendait le brouhaha des invités réunis dans le salon. On devait leur offrir du champagne avant leur départ. Tempera imaginait la scène, les rires, les compliments adressés aux jolies femmes. Elle voyait au milieu d'elles, lady Rothley, triomphante sous les regards envieux de lady Holcombe. Lady Barnard était douce et aimable comme à l'accoutumée. Le comte Caravargio faisait la cour à sa nouvelle conquête, fixant sur elle son regard ensorceleur, débitant les madrigaux les plus fous avec une sincérité indiscutable!

Et le Duc? Que faisait-il en ce moment? Rivalisait-il avec le Comte pour obtenir un sourire des lèvres de sa jolie belle-mère, un regard de ses magnifiques yeux bleus?

L'incertitude perça le cœur de Tempera.

– Serais-je jalouse, se demanda-t-elle. Jalouse de ma petite belle-mère que je pousse à ce mariage? Quelle absurdité.

Elle n'avait qu'à se regarder dans la glace, avec sa robe noire, sévère comme un uniforme, ses cheveux tirés, encadrant son visage trop pâle. Qui pourrait s'intéresser à elle quand sa belle-mère avait l'air de descendre d'un tableau?

Tempera crut reconnaître la voix du Duc dans le bruit des conversations. Cela ne fit que raviver sa douleur, mais ce n'était pas le moment de laisser son imagination divaguer. Elle devait agir, avec rapidité et précision, dans l'intérêt de tous et surtout par sympathie, (était-ce bien le mot juste?) pour le Duc.

Elle ne supportait pas l'idée qu'il puisse perdre quelque chose à quoi il tenait tant. Que le petit chef-d'œuvre puisse passer dans des mains vulgaires et être vendu comme une simple marchandise lui paraissait inadmissible.

– Je le sauverai. Il le faut!

En bas, le bruit des conversations s'atténuait. Elle entrebâilla la porte. Les invités s'en allaient. Les femmes ajustaient leurs étoles sur leurs épaules, les hommes, leurs capes doublées de satin.

Le Duc organisait le départ.

– Sir William, voulez-vous monter dans la première voiture avec votre femme et emmener lord Eustace avec vous? Vous, Comte, je vous confie lady Rothley, c'est une faveur insigne! Je vous ai réservé le coupé. Puis-je vous demander de prendre les Lillington en passant devant leur villa à Eze?

Tempera, interloquée, se demandait pourquoi le Duc laissait sa belle-mère en tête-à-tête avec le Comte.

En revanche, elle imaginait fort bien le plaisir de lady Rothley, sans parler de celui du Comte.

– Vous George, dit le Duc, s'adressant à lord Holcombe, vous viendrez avec moi ainsi que votre charmante épouse.

Il y eut des éclats de rire et des appels, pendant que chacun prenait place. Tempera entendit le roulement de la première voiture qui passait le porche.

Celle du Duc vint se ranger devant le perron.

Tempera entendit encore sa voix :

– Bonne nuit, Bates!

– Bonne nuit, M'Lord.

Les portières claquèrent. Bruit des roues sur le gravier de l'allée, puis le silence coupé seulement par les paroles des valets de pied rentrant dans le hall.

– Allons dîner, déclara Bates de sa voix de maître de cérémonie. Nous rangerons après.

– Voilà une bonne parole, s'exclama l'un des valets, j'ai l'estomac dans les talons!

Ils échangèrent des plaisanteries en se dirigeant vers les communs.

Le moment était venu. Miss Briggs et miss Smith étaient déjà assises à leur table, trop occupées à papoter pour remarquer son absence. Elles étaient habituées aux retards de Tempera et en profitaient généralement pour échanger les potins les plus croustillants.

Tempera se dirigea vers l'escalier qui menait à la tour. Elle ne prêta guère attention aux hautes fenêtres qui s'ouvraient sur la campagne environnante, elle entra dans la chambre, le cœur battant, tous les sens en alerte.

Tout était en ordre : lord Eustace d'ailleurs ne possédait pas beaucoup d'objets personnels. Où chercher le Van Eyck? Elle négligea les commodes et les armoires, jeta un coup d'œil rapide sur un nécessaire de toilette et la large lanière de cuir qui servait à affûter les rasoirs. Trop étroite pour dissimuler la toile. Pas la moindre photographie dans un cadre qui aurait pu la cacher. Quelques livres traînaient sur la table. Elle les feuilleta. Ils portaient tous l'ex-libris du Duc; elle abandonna cette piste.

Restaient les tableaux. Elle les retourna un à un et examina soigneusement leurs encadrements mais en vain. Partout, la colle était ancienne et les cartonnages intacts.

La moquette, couverte de tapis de Perse n'était pas une bonne cachette, les femmes de chambre françaises la brossaient chaque matin.

Tempera sentit monter en elle une sourde angoisse. Si lord Eustace avait déjà transféré la toile à l'extérieur, tous ses plans s'écroulaient.

Elle se souvenait de l'histoire que lui avait

racontée son père, et du tableau caché dans un chapeau : elle ouvrit la penderie.

Des paires de chaussures, qui brillaient comme des miroirs, étaient alignées sur le sol. Sur une étagère, deux boîtes de cuir où on rangeait les chapeaux haut-de-forme portaient la marque du chapelier, Lock dans St. James's Street, et les initiales de leur propriétaire. Elles étaient fermées par une courroie. Tempera défit celle du premier carton. Elle trouva à l'intérieur le chapeau de soie que lord Eustace portait pendant la journée. L'autre était vide : lord Eustace était sorti avec son chapeau de soirée.

Au bord des larmes, tremblant d'énervement, Tempera allait remettre les boîtes en place, lorsqu'une idée lui vint : chaque carton était doublé de satin, on pouvait cacher une toile sous le rembourrage.

Elle passa ses doigts sur la doublure : pas le moindre renflement. Elle allait abandonner lorsque, par acquit de conscience, elle reprit le premier carton à chapeau qu'elle avait déjà replacé sur l'étagère, défit à nouveau la sangle, recommença de tâter la doublure. Quelque chose l'arrêta brusquement : les bords du satin n'étaient pas cousus comme dans la première boîte, mais collés. Le tissu fragile était raidi et dur en plusieurs endroits. Le rembourrage était moins lisse.

Sans hésiter, elle tira légèrement sur le bord du tissu qui s'écarta. Elle avait enfin trouvé! Elle tenait une toile. Elle la tira doucement et étouffa un cri : ce n'était pas *la Madone à l'Église* mais le *Portrait de Jeune Fille* de Petrus Cristus.

Fébrilement, elle fouilla à nouveau dans la doublure et sortit tour à tour le Van Eyck et le *Saint George et le Dragon* du fond du carton.

L'affaire se corsait, tout devenait plus compliqué : cela prendrait beaucoup plus de temps que prévu pour faire l'échange de trois tableaux au lieu d'un!

Et il était indispensable que tout soit terminé avant le retour du groupe. Il fallait attendre que les domestiques soient couchés et elle devrait encore échapper à la vigilance du gardien de nuit de service jusqu'au retour des invités.

La marge de sécurité se réduisait dangereusement. Mais elle était si exaltée par sa découverte qu'elle considérait tout le reste comme de moindre importance. Elle n'avait pas conscience qu'elle cédait à une euphorie dangereuse.

Elle referma les boîtes, boucla les courroies

et les replaça sur l'étagère où elle les avait prises. Puis elle prit les toiles. Même au crépuscule, dans la faible lumière du soir, *la Madone* de Van Eyck semblait vivre et resplendissait d'une beauté que le plus habile des copistes n'auraient pu rendre.

Elle soupira doucement, s'adressant au Duc absent :

– J'ai découvert l'original. Je vous ai restitué cette Madone. J'ai trouvé la force de le faire parce que j'ai senti un appel au fond de moi. Vous me poussiez, vous m'incitiez à chercher. Dans un pressentiment, j'ai vu tout ce qui était arrivé. J'ai tout compris. Jamais un faux ne pourra me toucher comme le fait une œuvre authentique. C'est ce que m'apprenait mon père.

Elle souriait, regardant la toile. L'enfant était si beau dans les bras de sa mère, la Vierge, qu'elle eut l'impression d'être bénie par lui.

Elle prit rapidement les peintures sous le bras de façon à ce que l'on ne puisse pas voir ce qu'elle portait si par malheur elle rencontrait un domestique, et ouvrit la porte de la chambre.

Après un coup d'œil dans le couloir, elle sortit, referma la porte sans bruit et s'élança, folle de joie.

Elle avait gagné! Elle avait été aussi habile que le policier le mieux exercé. Elle avait réussi à exécuter la première partie de son plan.

Elle avait atteint le palier lorsque tout à coup, sans que rien ne l'ait laissé prévoir, elle vit trois hommes devant elle. Elle s'immobilisa et assura fermement les tableaux qu'elle tenait d'une main, sans bouger de sa place.

Incrédule, le Duc la regardait. Lord Holcombe soutenait sa femme qui défaillait. Il avait passé son bras autour de sa taille et, de sa main libre, ouvrait la porte de sa chambre située au bas des marches qui menaient à la tour.

Tempera les regardait, immobile comme une statue.

Le Duc, qui l'avait tout d'abord regardée avec beaucoup de surprise, changea d'expression tout à coup. Tempera lut sur son visage un tel étonnement et un dégoût si violent que ce fut pire que s'il l'avait frappée.

Tandis qu'elle restait pétrifiée devant lui, incapable de prononcer une parole ou de faire un geste, il passa devant elle, le visage fermé, pour aider lady Holcombe et son mari.

CHAPITRE VI

Tempera ne sut pas comment elle était rentrée chez elle. Appuyée contre le chambranle de la porte, elle avait du mal à retrouver son souffle. Sa tête lui faisait mal, comme si on l'avait frappée. Elle était incapable de comprendre ce qui venait d'arrriver. L'esprit vide, elle reconnaissait à peine le décor familier. Les battements de son cœur résonnaient douloureusement.

Comme un automate, elle s'avança vers sa coiffeuse et y déposa les tableaux. Ses yeux se posèrent sur la toile de Van Eyck, la *Madone à l'Église*. Elle ne lui inspirait plus qu'indifférence. Ni les couleurs, ni la finesse du détail ne pouvaient l'émouvoir à présent. Elle ne voyait que l'obsédante image du Duc et son expression de surprise méprisante. Elle imaginait trop bien ce qu'il avait pensé en la voyant sortir de la chambre de lord Eustace; elle en ressentait une horreur insurmontable.

Elle balbutia :

– Comment a-t-il pu me croire capable d'une telle ignominie?

Pourtant qu'aurait-il pu supposer? Qu'elle s'était rendue dans la chambre de lord Eustace pour le voler, en son absence. Ou pire encore : qu'elle avait rejoint lord Eustace pour un motif inavouable. Que pouvait faire d'autre une jeune femme de chambre chez un célibataire de mauvaise réputation?

Le Duc connaissait ses invités. Il n'ignorait rien de l'immoralité de lord Eustace. Il avait un caractère inflexible et n'admettrait aucune excuse de la part de Tempera; il ne lui laisserait pas même le bénéfice du doute.

Submergée par une honte brûlante, elle enfouit son visage dans ses mains. En un instant, elle venait de perdre à jamais l'amitié du Duc mais aussi sa réputation et son honneur. Tout ce qui était beau, noble, et en quoi elle croyait, s'effondrait.

Elle se mit à haïr lord Eustace avec violence. Il était cause de cette catastrophe. A cause de lui, le Duc la croyait capable des pires dégradations. Le fait d'être associée à ce triste personnage la plongeait dans une humiliation sans bornes. Elle ne pourrait jamais s'en relever.

Elle aurait voulu se précipiter chez le Duc, lui montrer les toiles, lui expliquer pourquoi, dans son fol entêtement, elle avait pénétré dans la chambre de lord Eustace. Mais sa raison lui dictait que c'était la dernière chose à faire. Son ultime espoir de se justifier s'évanouissait. La condamnation qu'elle avait lue dans les yeux du Duc la plongeait dans un désespoir profond parce qu'elle l'aimait. Elle l'avait aimé dès le premier jour, dès que ses yeux s'étaient posés sur lui, dès les premières paroles qu'il lui avait adressées.

Elle ressentait encore l'émoi dans lequel sa voix chaude l'avait plongée. A chaque nouvelle rencontre, son amour avait grandi. Elle avait refusé de l'admettre, par loyauté envers sa belle-mère. Mais, chaque jour passé au château avait renforcé ses sentiments. Ses efforts pour s'en défendre avaient échoué. Elle se souvenait de cette soirée où il était venu s'asseoir près d'elle et où elle avait connu avec lui la joie ineffable d'une parfaite communion d'esprit.

– Je l'aime, murmura-t-elle.

Incapable de rester en place, elle allait et venait dans les affres de l'agonie. Submergée de dégoût, elle se sentait sale.

– Mais ce n'est pas vrai, gémit-elle, je n'ai pas mérité ce supplice! Je ne suis pas coupable!

Elle avait toujours su qu'il existait sur terre un homme comme lui, de toutes ses forces elle avait espéré qu'un jour elle le rencontrerait. C'était arrivé. Et maintenant elle aimait. De tout son cœur et pour toujours. Sans cet amour, elle était amputée de ce qu'il y avait de plus beau, de plus noble en elle. Or, il était foulé aux pieds. Elle n'en voyait plus que des débris informes comme ces choses que la mer rejette sur la plage après la tempête.

– Il me méprise! Il va me détester! Que faire? Comment lui parler? Saura-t-il jamais qu'il s'est trompé, que je ne suis pas coupable?

C'étaient autant de questions auxquelles elle était incapable de donner une réponse.

Ses yeux se posèrent malgré elle sur les tableaux qu'elle avait déposés sur la coiffeuse, elle se rendit compte alors que sa situation était pire qu'elle ne l'avait imaginée. Quelle que soit la raison qui avait motivé son retour inopiné, il était improbable, que le Duc ressorte à nouveau. Il lui serait donc impossible d'effectuer l'échange des tableaux, comme elle l'avait prévu. Que faire? Elle ne pouvait conserver ces toiles dans sa chambre. Elle avait le regard perdu dans la nuit, lorsqu'on frappa. Elle sursauta et porta instinctivement ses mains à sa poitrine, comme si elle étouffait :

– Entrez!

Sa voix lui sembla étrangère. Elle avait du mal à contenir les battements de son cœur.

Elle regarda miss Smith, d'un air égaré.

– Je voulais vous prévenir que lady Holcombe a eu un accident, miss Riley.

– Qu'est-il arrivé?

– On ne sait pas exactement, ce qui est sûr, c'est que la voiture a failli se retourner sur la route de la Corniche! C'est grâce à l'habileté du cocher qu'un accident plus grave a pu être évité.

– Lady Holcombe est-elle grièvement blessée? demanda Tempera, machinalement.

– Elle s'est cogné le front, elle s'est coupée. Elle a eu plus de peur que de mal, Dieu soit loué! Mais elle est très choquée et miss Briggs m'a dit qu'elle souffrait d'un violent mal de tête.

Elle paraissait ravie d'avoir à raconter des nouvelles, bonnes ou mauvaises. Elle ajouta :

– Ces routes sont infernales! Beaucoup trop étroites! Je l'ai souvent dit. Ah, si la voiture s'était retournée et était tombée dans le ravin! Vous vous rendez compte de ce que j'aurais eu à vous raconter. Une histoire terrible!

– Je le crains, murmura Tempera en faisant un effort surhumain pour sembler s'intéresser à ce que disait miss Smith.

Elle s'aperçut brusquement que les trois tableaux se trouvaient en évidence sur la coiffeuse. Miss Smith n'y prêtait pas la moindre attention.

– En tout cas, conclut-elle, lord Holcombe a raté sa soirée, je me demande si Sa Grâce va ressortir. Il n'est guère amateur de ce genre de festivité, cette fois, il a une bonne excuse pour y échapper!

– On leur servira à dîner au château, répondit Tempera qui évaluait ses chances.

– C'est à peu près sûr, affirma miss Smith. C'est une chance que lady Rothley et que lady Barnard ne se soient pas trouvées dans la même voiture! Elles doivent être arrivées à Monte Carlo à l'heure qu'il est, dit-elle en étouffant un bâillement. J'envie miss Briggs. Elle au moins va pouvoir se coucher tôt!

– J'en suis heureuse pour elle, répondit Tempera. Puis-je faire quelque chose pour l'aider?

– Je ne pense pas. Elle a tout ce qu'il lui

faut. Je viens de la voir. Elle a trouvé de l'arnica dans l'armoire à pharmacie.

Parvenue sur le seuil, miss Smith se retourna et ajouta en s'en allant :

– Voyez-vous, miss Riley, un soir où nous pouvions être tranquilles, il faut qu'il nous arrive une aventure comme celle-ci. C'est une vie de chien. Voilà!

Enfin, elle sortit. Tempera n'avait qu'une idée en tête : aller trouver le Duc qui allait être dans son bureau, lui remettre les toiles et lui faire comprendre qu'elle avait cherché à lui conserver ce qu'il aimait le plus.

Seulement, en agissant ainsi, elle dévoilait sa véritable identité et si le Duc décidait de porter plainte, elle serait obligée d'affronter publiquement lord Eustace.

Ce serait sa parole contre celle du voleur. Comment prouver que les toiles avaient été cachées dans le carton à chapeaux? Elle ne pouvait prendre ce risque et cependant elle voulait se disculper aux yeux du Duc.

S'il avait tant soit peu d'amitié pour elle, il devait sentir qu'elle ne pouvait avoir accompli un tel forfait, mais était-il capable de faire taire son ressentiment? C'était peu probable. Plus jamais il n'aurait envie d'aller la retrouver, il ne s'intéresserait plus à son travail de peintre. Elle se souvenait avec déchirement des rares fois où il lui avait parlé avec tant de chaleur.

– Je l'aime, murmura-t-elle, et je souffre comme une damnée. Au lieu de me réconforter, ces souvenirs me plongent dans un désespoir sans fond.

Toute sa vie elle souffrirait de cet amour que le destin avait déchiré. L'avenir lui paraissait sombre et désolé. Si seulement, elle pouvait espérer l'oubli. Mais elle savait que rien au monde ne pourrait effacer le souvenir des instants si doux où il l'avait serrée contre lui. Il lui en resterait toujours la cicatrice douloureuse et ineffaçable.

Elle eut un terrible regret de s'être dégagée si brusquement le soir où il l'avait retrouvée sous la falaise, au lieu de se serrer passionnément contre lui ainsi qu'elle en avait eu tellement envie. Ce n'était pas lui qu'elle avait fui. Elle avait agi contre ses propres élans. Et maintenant voilà où elle en était.

Dans un geste de désespoir, elle joignit les mains, espérant trouver un réconfort dans la prière. Mais le ciel restait muet.

Avec des gestes d'automate, elle reprit les tableaux, les enferma dans un tiroir de la commode et se rendit dans la chambre de lady Rothley pour y attendre son retour. Elle essayait de modifier ses plans. Le Duc devait se trouver dans les appartements du rez-de-chaussée, seul ou en compagnie de lord Holcombe. Lorsqu'ils iraient se coucher, elle aurait une chance de remettre les copies dans la chambre de lord Eustace.

« Si j'y parviens, se dit-elle, je disparaîtrai, dussé-je passer les derniers moments cloîtrée dans ma chambre en attendant de partir pour l'Angleterre. »

Elle réfléchissait à ce qu'elle pouvait faire. Qu'importait au fond que lord Eustace récupère ou non ses copies? Il suffisait peut-être de les détruire. Il faudrait du temps pour les refaire. Les collections du Duc ne risqueraient rien pendant ce temps. Le plus important était donc de replacer les originaux dans le bureau. Lorsque lord Eustace s'apercevrait qu'on lui avait enlevé le fruit de son larcin, il ne pourrait rien faire.

– « J'aurai au moins sauvé trois chefs-d'œuvre et j'aurai rendu service au Duc », pensa-t-elle.

C'était un acte d'amour complètement gratuit qu'elle se préparait à accomplir pour lui, puisqu'il n'en saurait jamais rien.

Tempera s'étendit sur le lit de sa belle-mère, trop épuisée pour trouver le repos. En fermant les yeux, elle revoyait l'expression du Duc, et ce mélange insupportable de surprise et de mépris.

Elle vivait un cauchemar et resta dans l'obscurité jusqu'au moment où elle entendit les voix des invités qui venaient de rentrer. Alaine parlait et riait à la fois, mais il était impossible de distinguer ses paroles.

En entrant, lady Rothley se jeta dans ses bras :

— Tempera! Je suis si heureuse, je suis fiancée! Félicite-moi, ma chérie. Oh, quel bonheur, j'ai du mal à y croire.

— Le Comte t'a demandé en mariage?

— Il m'a dit que je devais l'épouser car il ne pouvait plus vivre sans moi. Je suis la femme la plus comblée, la plus heureuse de l'univers.

Elle jeta son écharpe sur le lit et se regarda longuement dans la glace :

— Est-ce bien moi? Est-il possible que j'aie enfin rencontré l'amour? Je n'y croyais plus et l'homme le plus merveilleux que je connaisse, m'aime!

— Alaine, je suis si heureuse pour toi, s'écria Tempera incapable de retenir ses larmes.

Lady Rothley se retourna et l'étreignit :

— Tu vois, j'avais raison. Tu craignais le

pire, et Vincenzo va m'épouser. Nous partons pour l'Italie après-demain, il va me présenter à sa famille.

— Vous vous marierez là-bas?

— C'est ce qu'il souhaite, et je m'en remets entièrement à lui. Je ne veux rien dire, rien faire, qui puisse lui déplaire. Il est tellement fort, tellement sûr de lui. C'est ce qui me plaît chez lui, répondit lady Rothley.

Elle s'assit devant la coiffeuse :

— Il est tombé amoureux dès qu'il m'a vue. Je lui plais, il ne cesse de me le répéter. C'est la première fois qu'il a le coup de foudre!

— Quelle chance pour toi!

— Tu peux le dire! Nous avons bien fait de venir ici. Quand je pense que j'aurais pu accepter le Duc avant de rencontrer Vincenzo! Quelle horreur!

Tempera gardait le silence. Alaine reprit avec douceur :

— Tu sais, ce n'est pas parce que je vais me marier que je vais t'abandonner. Je ne t'oublie pas, ma chérie. Tu vas rentrer en Angleterre et je te ferai venir de là-bas pour que tu rencontres Vincenzo sous ton nom véritable!

— Tu auras bien d'autres soucis en tête, répondit tristement Tempera.

— Que vas-tu croire? Je sais que c'est beau-

coup grâce à toi que Vincenzo m'a remarquée.
Tu as été tellement gentille, tu as fait tant pour
que je sois belle! Encore heureux que j'ai pu
commander des robes chez Lucille, avant de
venir! Avec mes vieilleries, personne ne m'aurait regardée.

– Tes vêtements n'y sont pour rien. Tu es
la plus belle! rétorqua Tempera.

Après un silence, elle ajouta :

– Papa connaissait le Comte, il l'aimait
bien. Je crois que s'il le pouvait, il serait content
de te savoir heureuse avec lui.

Elle se pencha et l'embrassa tendrement
avant de l'aider à se déshabiller. Puis, lady
Rothley éteignit les lumières et se mit au lit :

– N'aie crainte.

– Réveille-moi tôt, demain matin, je ne
veux pas perdre un instant avec Vincenzo.

– N'aie crainte, ma chérie, et dors en
paix.

Tempera aurait voulu se réjouir sans rete-
nue du bonheur de sa belle-mère, mais elle
avait le cœur serré. Pour elle, il n'y avait pas de
miracle et l'avenir lui paraissait bien sombre.

S'il n'y avait pas eu cette histoire avec lord
Eustace, son amour pour le Duc n'aurait plus
été une trahison. Elle n'aurait plus eu à se
défendre de l'intérêt que le Duc lui portait. Oui,

sans cette horrible affaire, elle aurait pu continuer à le voir mais maintenant? Tout était fini pour elle et plus vite elle quitterait le château, mieux ce serait. En attendant, il fallait éviter de rencontrer le Comte avant son départ pour l'Italie et trouver une excuse plausible pour justifier que sa belle-mère voyage sans femme de chambre.

L'idée de quitter le château sans revoir le Duc la mettait à la torture. Elle se voyait déjà de retour dans la grisaille de Curzon Street avec la vieille Agnès pour seule compagnie. Quand bien même sa belle-mère la ferait venir en Italie, à quoi bon? Elle pleurerait son amour perdu au milieu d'étrangers, indifférents à son malheur.

Elle laisserait une part d'elle-même au château de Chevingham, dans le Midi de la France.

D'instinct, elle savait qu'elle n'aimerait jamais un autre homme. Qui d'autre pourrait éveiller en elle des sentiments aussi forts, la plonger dans un émoi aussi délicieux? Mais il fallait oublier cet amour, l'enfouir en elle. Elle soupira : « L'image qu'il a de moi sera toujours fausse, en vérité, je suis morte et personne ne pourra me ressusciter! »

La porte de sa chambre était entrebâillée;

elle entendait le bruit des conversations. Le Duc apprenait à lady Barnard et sir William l'accident survenu à lady Holcombe.

– Pauvre Rosie, s'exclamait lady Barnard, je suis désolée pour elle. Il faut que j'aille la voir, mais j'ai peur de la déranger maintenant.

– Elle s'est sûrement endormie, nous lui avons donné un calmant, répondit le Duc. George l'a rejointe, il y a une heure.

– J'attendrai demain. Mais quel dommage que l'accident vous ai fait manquer une soirée exceptionnelle.

– Je le regrette, mais il était trop tard pour que je puisse vous rejoindre. J'enverrai demain un mot d'excuse à Son Altesse Sérénissime.

– Nous avons été reçus princièrement, et lady Rothley rayonnait, ajouta lady Barnard.

– Elle vous dira la raison de son allégresse, demain au réveil, dit le Duc en riant.

– Elle est donc?... demanda lady Barnard.

– Oui, depuis ce soir le comte de Caravargio est un heureux mortel. Je viens de féliciter les fiancés.

– Comme c'est charmant! As-tu entendu, William? lady Rothley est fiancée au comte Caravargio. Je comprends maintenant pourquoi ils ne se quittaient pas des yeux!

– Heu, très bien, fort jolie femme en effet, marmonna sir William.

– Vous connaîtrez tous les détails demain matin. Mais il est temps d'aller dormir. Je vous souhaite une bonne nuit, dit le Duc en se retirant.

Les Barnard gagnèrent leurs appartements. Il ne devait plus rester au salon que le duc, le comte et lord Eustace. Tempera entendit le Duc et le Comte échanger quelques mots, puis le bruit de portes qui se refermaient. Lord Eustace s'attardait encore. Une demi-heure plus tard elle reconnut son pas hésitant dans l'escalier. Il était seul et montait lentement, lourdement, comme un homme qui a trop bu.

Tout le monde était rentré à présent. Le gardien de nuit n'allait pas tarder à quitter son poste pour aller se coucher. Si elle voulait mettre son plan à exécution, c'était maintenant ou jamais.

Elle s'approcha de la fenêtre. La pleine lune éclairait le parc presque comme en plein jour, d'une lumière argentée. Elle prit les tableaux dans le tiroir de la commode et y jeta un dernier regard.

Même dans la lumière froide de la lune, la *Madone à l'Église* resplendissait d'une intensité qu'aucun copiste ne pourrait jamais rendre. Le feu du génie animait la petite toile. Elle fut émue jusqu'aux larmes et bouleversée de regrets et de tristesse. Elle ne verrait plus ce chef-d'œuvre et chaque fois qu'elle y penserait, l'image du Duc s'imposerait à elle.

Elle avait espéré l'aide de l'Enfant divin, si beau dans les bras de la Vierge, mais la protection divine ne lui avait pas été accordée. Dans son malheur, elle trouvait cependant une raison pour se consoler : grâce à elle ce trésor restait entre les mains du Duc.

Elle murmura une prière fervente à la Madone :

– Prends-soin de lui ! Épargne-lui les épreuves et fais qu'il connaisse le bonheur.

Les mots lui venaient du cœur, elle offrait son amour pour qu'un jour il trouve le bonheur, comme Alaine l'avait trouvé. Mais il ne saurait jamais qu'elle l'avait aimé jusqu'à son dernier souffle. A cette idée, elle eut la gorge serrée et les larmes lui vinrent aux yeux.

Elle fit un effort pour s'avancer vers la porte. Le couloir était silencieux. Elle descendit en étouffant le bruit de ses pas, évitant de faire craquer les marches sous l'épais tapis qui les recouvrait. Elle se guidait en tenant la rampe. Une faible lumière perçait à travers les rideaux tirés. Dans le salon, les tentures de soie blanche donnaient à la pièce un aspect irréel.

Enfin, elle entra dans le bureau du Duc. Il l'avait marqué d'une empreinte si profonde qu'elle s'attendait à le voir venir à sa rencontre. Mais ce n'était pas le moment de rêvasser. Il fallait agir.

Elle ouvrit les rideaux, lentement, sans faire le moindre bruit. Le clair de lune inonda la pièce. L'encrier d'argent contre lequel elle avait appuyé les toiles brillait comme sous une lumière magique.

L'ange de Léonard de Vinci semblait éclairé par le rayon d'un projecteur. Tempera se demanda si le Duc penserait à elle en le regardant. Rien n'était moins sûr. Il n'avait jamais fait aucune allusion à cette ressemblance. Elle existait pourtant : le même ovale du visage, le même regard, le même sourire. Mais si le Duc se souvenait d'elle ce ne serait pas en associant son image à celle d'un ange, mais à celle d'une femme déchue, et il n'y aurait personne pour le détromper.

Les yeux remplis de larmes, elle décrocha les cadres correspondants aux originaux qu'elle rapportait. Elle commença par la *Madone à l'Église*. Du pouce elle écarta les clous qui maintenait la copie. Ce n'était pas trop dur car

lord Eustace avait utilisé les mêmes alvéoles.
Un clou, enfoncé plus profondément que les
autres, lui résista. Elle se servit du coupe-papier
pour le faire sauter. La copie tomba sur la table;
elle la remplaça par l'original. Il ne restait qu'à
fixer les pointes qui maintenaient la toile dans
son cadre. Si elle avait pu disposer d'un outil
quelconque le travail aurait été mieux fait qu'à
mains nues, mais tel quel c'était suffisant et la
toile tiendrait bien jusqu'au départ de lord
Eustace.

Elle la raccrocha et l'admira encore. Les
rayons de lune l'animaient d'une vie surnatu-
relle. Les pierreries, qui ornaient la tiare de la
Madone, brillaient d'un éclat étrange. Tempera
voulut y voir un présage heureux mais elle
savait que c'était une illusion.

Elle s'éloignait pour s'occuper des autres
tableaux lorsqu'elle entendit un bruit. Quelqu'un ouvrait la porte. Elle tourna la tête mais
à l'autre bout de la pièce, l'ombre était plus
dense et elle ne put distinguer qu'une vague
silhouette qui s'avançait vers elle. L'ombre
traversa la zone de lumière d'une fenêtre.
C'était lord Eustace.

– C'est donc vous qui vous êtes mêlée de
mes affaires! dit-il, d'une voix mauvaise.

Elle recula et fit un geste pour se protéger

comme s'il allait la frapper. Il crachait les mots :

– Qui diable êtes-vous? Qu'est-ce que vous fricotez ici?

Ces paroles fouettèrent le sang de Tempera. La rage la submergea, elle oublia ses craintes et répondit sur le même ton :

– Vous êtes bien naïf! Qui pensiez-vous abuser avec vos copies?

– Comment avez-vous reconnu que c'étaient des copies?

– Ce n'est pas la peine d'être un grand expert pour s'en rendre compte et je possède quelques connaissances qui vous manquent sur le sujet! Mais j'ai de la peine à croire qu'un homme de votre rang ait pu s'abaisser à commettre un acte aussi odieux.

– Un acte odieux? petite sotte! éructa lord Eustace.

Il se tenait devant elle et la menaçait, mais curieusement, elle n'avait pas peur. Elle était portée par la haine qu'il lui inspirait.

Elle le défia :

– J'ai commencé à réparer votre forfait et j'ai l'intention d'achever ce que j'ai commencé. Tenez, prenez vos reproductions et allez les ranger dans votre carton à chapeau!

– Vous rêvez, ma belle, vous ne pensez

tout de même pas que je vais vous laisser faire?

Tempera le mesura du regard :

– Essayez donc de m'en empêcher! Si vous provoquez un scandale, vous serez obligé de vous justifier devant tout le monde.

La menace porta.

– C'est vrai! J'avoue que vous avez bouleversé mes plans, vous, avec votre air de sainte Nitouche, et votre stupide déguisement de femme de chambre!

– Eh bien, que cela vous serve de leçon. Vos copies ne peuvent tromper personne!

Elle le toisait, certaine de la victoire. Mais il y avait une lueur étrange au fond des yeux de lord Eustace. Le premier moment de surprise passée, il reprenait de l'assurance. Il ne pouvait abandonner la partie, l'enjeu était trop important.

La rage d'avoir été découvert s'estompait tandis qu'il faisait un calcul diabolique pour se tirer de ce mauvais pas. Tempera crut un instant qu'il allait tenter d'acheter son silence. Ce n'était pas du tout son intention : il se dirigea brusquement vers la fenêtre et l'ouvrit en grand. L'atmosphère confinée du salon fut balayée par un souffle de fraîcheur. Tempera respira l'air pur de la campagne. La tension tombait. Plus calmement, elle reprit :

– Je vais remettre les deux autres tableaux en place. Comme je ne souhaite pas être impliquée dans cette histoire, je ne dirai rien au Duc. Quant à vous, vous agirez selon votre conscience.

Lord Eustace ne s'avouait pas vaincu.

– Vous êtes trop bonne, grinça-t-il, mais que diriez-vous si je donnais l'alarme? Si je vous accusais publiquement d'avoir substitué les copies aux originaux? C'est vous qui seriez dans le pétrin, petite idiote!

Sans se laisser démonter, Tempera répondit calmement :

– Personne ne vous croirait. Comment aurais-je pu monter une telle machination? Les copistes sont chers! Il me serait facile de prouver que je ne dispose pas de fonds suffisants pour organiser une telle opération. Vos accusations entraîneraient inévitablement une enquête et l'on verrait que vous êtes acculé à la banqueroute.

Lord Eustace ricana :

– Décidément, vous avez réponse à tout! Vous vous croyez très forte, n'est-ce pas? Dommage que je n'ai pas le temps d'écouter vos histoires. Cela pourrait être intéressant!

Tempera le regarda, sans comprendre. Que voulait-il dire?

D'un geste violent il lui arracha les tableaux des mains.

– Là où je compte vous expédier, vous n'en avez pas besoin, dit-il méchamment.

Il jeta les deux toiles sur un fauteuil, se retourna brusquement, et avant que Tempera ait pu se rendre compte de ce qui lui arrivait, il l'avait saisie, immobilisée, et lui plaquait une main sur la bouche pour l'empêcher de crier. En assurant solidement sa prise, il s'écria d'une voix narquoise :

– Seuls les morts ne parlent pas! Le cadavre d'une misérable femme de chambre ne fera pas la une des journaux! Vous aurez droit, peut-être, à un entrefilet!

Tempera se débattit avec l'énergie du désespoir. Elle cherchait à se libérer, à appeler à l'aide, mais en vain. D'une force peu commune sous ses apparences nonchalantes, lord Eustace la maîtrisait aisément. Il riait silencieusement. De la main qui la bâillonnait, il lui rejeta brutalement la tête en arrière, au risque de lui rompre le cou. Les efforts de Tempera faiblissaient. Ses forces diminuaient, elle pouvait à peine respirer.

Lord Eustace, qui attendait ce moment, l'empoigna à bras le corps et la porta jusqu'à la fenêtre. Le rebord lui scia les reins, elle vit le ciel basculer et le précipice ouvert sous elle. Trois cents mètres plus bas, les rochers se dressaient menaçants. Elle allait mourir d'une manière horrible.

Elle tenta de se retenir aux montants de la fenêtre. Ses jambes battaient l'air, elle voulut hurler : seul un gargouillement étranglé sortit de ses lèvres. Dans un effort désespéré, elle se raccrocha au-dessus du vide, les doigts crispés sur le rebord de la fenêtre. Lord Eustace, qui essayait de lui faire lâcher sa prise lui frappa les poignets. Elle allait tomber lorsqu'elle entendit un bruit de voix, des portes qui claquaient, tandis que deux mains solides la saisissaient et l'arrachaient au vide. Elle se retrouva dans le bureau, entre les bras de l'homme qui venait de la sauver. Avant de s'évanouir, elle eut le temps de le reconnaître.

Peu à peu les couleurs lui revinrent, des silhouettes s'agitaient autour du sofa où on l'avait couchée. Penché au-dessus d'elle, le duc lui parlait doucement :

– C'est fini, Tempera.

Tremblante, elle enfouit son visage au creux de son épaule et l'étreignit de toutes ses forces.

Il la serra tendrement :

– Calmez-vous, ma chérie, vous êtes sauvée, vous ne risquez plus rien!

Il posa les lèvres sur son front et la douceur de cette caresse, mieux que les mots, fit comprendre à Tempera qu'elle était saine et sauve. Elle leva vers lui un visage éperdu, noyé de larmes.

– Comment avez-vous pu vous lancer dans une aventure aussi dangereuse? demanda-t-il. Quelle folie de vouloir remettre les originaux à leur place!

– Vous saviez donc? balbutia Tempera d'une voix tremblante.

– Je le savais depuis ce soir, avant de partir pour Monte Carlo. Le comte Caravargio avait découvert que le Raphaël était un faux!

– Et lord Eustace?

Le Duc eut un geste de mépris :

– Il est hors d'état de nuire.

– Vous saviez que c'était lui?

– Bien sûr. Pourquoi n'êtes-vous pas venue tout me raconter? Je n'aurais jamais permis que vous soyez mêlée à cette aventure, ma douce, ma très chère petite!

Tempera leva vers lui ses yeux humides de larmes :

– Qu'avez-vous dit?

Le Duc sourit :

– Je vous ai aimée dès l'instant où je vous ai vue, vous, l'Ange de Vinci, que je cherchais désespérément et depuis si longtemps!

– Je lui ressemble?

– D'une manière étonnante!

Il tourna machinalement la tête et regarda derrière lui. Tempera suivit son regard : les portes de communication étaient fermées.

Le Duc expliqua :

– J'ai laissé lord Eustace avec le Comte. Je crois que nous pouvons lui faire confiance, il ne le laissera pas s'échapper.

Sans laisser à Tempera le temps de répondre, il se pencha et l'embrassa passionnément. Tempera défaillit. Elle éprouvait un bonheur plus intense encore que lorsqu'elle contemplait *la Madone à l'Église*. Elle découvrait la plénitude entre les bras du Duc. Elle se laissa emporter par une extase inconnue.

CHAPITRE VII

Le parc de la Villa Caravargio s'épanouissait dans la chaleur du soir. Les allées étaient bordées de cyprès et de statues antiques de la meilleure facture.

Tempera n'avait plus qu'un souvenir lointain des tragiques événements qu'elle avait vécus. Elle marchait lentement le long des allées et sur la terrasse qui surplombait la ville éternelle. Sa robe bleue, en tulle léger, était si admirablement coupée qu'elle aurait pu servir de modèle à l'un des peintres qu'elle admirait tant.

C'était le moment où le soleil, déjà bas, rasait les toits de la Ville. Elle s'approcha de la balustrade d'où l'on découvrait l'une des plus belles vues du monde. Rome s'étendait à ses pieds. Clochers, coupoles et colonnades s'estompaient dans une légère brume. Le dôme de

Saint-Pierre se détachait fièrement sur le ciel bleu.

Le soleil se couchait derrière une colline et ses rayons rougeoyants fondaient dans l'azur estival. Tempera vibrait à l'unisson de la beauté de ce décor prodigieux. Son cœur battait très vite, d'attente et d'impatience : le Duc devait venir la rejoindre et elle aimait l'attendre dans ce coin du parc. Elle n'arrivait pas encore à croire à son bonheur.

Huit jours à peine qu'elle avait échappé à une mort horrible et déjà elle oubliait ces moments odieux. La seule chose qu'elle voulait garder en mémoire était le souvenir du baiser que lui avait donné le Duc. Elle frissonna, les sens exaspérés par l'attente de le revoir.

Il avait murmuré :
– Consentez-vous à m'épouser, Tempera?
Elle s'était raidie :
– Mais vous... mais je...
Il avait compris qu'elle hésitait encore à jeter le masque de la femme de chambre, de crainte de nuire à sa belle-mère. Il lui avait pris les mains très doucement, en ajoutant :
– C'est un bonheur pour moi de demander

la main de la fille d'un des fidèles amis de mon
père : Sir Francis Rothley!

Elle s'était illuminée de bonheur :

– Alors, vous saviez tout?

– Oui et le jour où je vous ai surprise dans
ce coin de jardin, je suis tombé amoureux de
vous. Vous ressembliez tant à l'Ange de Léonard de Vinci que j'aime par-dessus tout.

Il s'était repris :

– En fait, c'est faux, ma chérie, je suis
amoureux de vous depuis bien plus longtemps.
J'avais neuf ans alors! Mais c'est une histoire
que je vous raconterai plus tard.

Il avait posé son doigt sur les lèvres de
Tempera :

– Ne dites rien, je savais qu'un jour je vous
trouverai, que vous seriez mienne, que rien ne
pourrait nous séparer. Voilà ce que me disait
mon cœur. Comme je possède des trésors
irremplaçables, je suis content de m'entourer de
certaines précautions. J'ai l'habitude de prendre
des renseignements sur mes invités et leurs
domestiques. Avant votre arrivée, je savais que
lady Rothley n'avait pas de femme de chambre
mais qu'elle voyageait accompagnée par sa
belle-fille, Mlle Tempera Rothley.

– C'est ainsi que vous avez connu ma
véritable identité!

– Oui. Mais comme vous sembliez vouloir conserver l'anonymat, je n'ai pas osé insister.

– Je ne vous ai pas parlé du vol commis par lord Eustace parce que je craignais que l'on ne découvre à cette occasion la pauvreté de ma belle-mère. Je ne voulais pas qu'elle devienne un objet de risée.

– Je le comprends fort bien, mais cela vous a fait courir des risques qui m'ont plongé dans l'anxiété.

– Je n'ai plus peur près de vous, avait-elle murmuré.

– Je serai toujours là désormais, et si quelqu'un tentait encore de vous nuire, je le tuerais.

Il parlait sur un ton de farouche détermination. Mais Tempera tremblait encore.

– Lord Eustace ne peut plus rien contre vous, ma chérie.

– Mais il y aura une enquête, je serai citée, cela portera nécessairement préjudice à ma belle-mère.

– Je vous adore d'être aussi généreuse. Vous pensez toujours aux autres, jamais à vous! Mais ne vous inquiétez pas, le Comte trouvera une solution qui nous débarrassera de ce triste personnage à tout jamais. En ce moment, je ne pense qu'à une chose : prendre vos lèvres; je meurs d'envie de vous embrasser.

Il s'était penché vers elle et l'avait embrassée avec une tendresse passionnée.

Le Comte les avait rejoints peu après. Il avait embrassé Tempera sur les deux joues :

– J'imagine, en vous voyant si près de Velde, que je dois lui adresser des félicitations à mon tour!

Tempera lui avait lancé un regard radieux :

– Je suis si heureuse!

– Votre père n'aurait pu vous souhaiter meilleur parti.

– J'ai beaucoup de chance!

– Nous en avons tous eu. Mais soyons sérieux, tout n'est pas encore réglé. Je crois qu'il est préférable d'éviter le scandale, dit le Comte en se tournant vers son ami.

– Qu'avez-vous fait de lord Eustace, demanda le Duc.

– Si vous y consentez, je lui donne une heure pour quitter les lieux à jamais, s'embarquer pour l'Afrique du Sud où son père s'est fixé. Faute de quoi vous le ferez arrêter et inculper pour tentative de meurtre.

Tempera avait étouffé un cri.

– Il sera libre?

– Mais à l'autre bout du monde, Tempera. J'ai voulu l'effrayer et je crois y être parvenu. Il fera ce que je lui ai ordonné, il n'a pas le choix.

– Êtes-vous certain qu'il vous obéira? demanda le Duc.

– Absolument, répondit le Comte gravement. Je lui ai interdit de remettre les pieds en Europe avant cinq ans. Il s'exile ou nous lançons la police à ses trousses.

Le Duc s'était tourné vers Tempera :

– Vous voyez, ma chérie que Vincenzo est un habile diplomate et qu'il ne badine pas avec l'honneur.

Par la suite, le Comte avait organisé le départ de lady Rothley et de sa « femme de chambre ». Ils s'étaient embarqués pour Rome tous les trois.

Tempera lisait et relisait une lettre où le Duc lui disait son amour avec tant de feu et de gentillesse qu'elle se sentait fondre.

– Velde nous rejoindra à Rome dès qu'il pourra quitter ses invités sans montrer trop de hâte, avait expliqué le Comte. Il dira qu'il est obligé d'assister à notre mariage. Quant à vous, ma chère Tempera, vous vous consumerez en l'attendant.

En vingt-quatre heures le comte avait transformé Tempera. Il avait convoqué les meilleurs couturiers de Rome et commandé une série de robes, toutes plus jolies les unes que les autres. Tempera s'était récriée devant tant de générosité. Il l'avait fait taire d'un geste amusé :

– C'est mon cadeau de fiançailles! J'ai une double dette de reconnaissance : envers votre père pour l'amitié qu'il m'a témoignée, et envers vous pour l'affection attentive dont vous entourez ma future femme!

Tempera était aux anges et Alaine avait trouvé l'homme qui la rendrait heureuse. Le Comte traitait lady Rothley comme un objet précieux, et s'efforçait par tous les moyens de lui éviter la laideur, les désagréments et les ennuis.

– Tout ce que je vous demande, *mia bella*, disait Vincenzo, c'est d'être belle pour moi et de me faire oublier la laideur du monde.

Chaque soir, avant de souhaiter bonne nuit à Tempera, lady Rothley lui répétait :

– Si tu savais comme je suis heureuse. Qui aurait dit, quand nous avons quitté la gare de

Victoria, que nous nous embarquions pour le paradis!

Alaine s'y trouvait déjà avec l'homme qu'elle aimait. Tempera ne connaîtrait ce bonheur que lorsqu'elle serait la femme du Duc. Elle guettait son arrivée, attentive à chaque bruit, impatiente de se retrouver dans ses bras, comptant chaque seconde qui le rapprochait d'elle.

La nuit tombait, l'or des coupoles se transformait en bronze. L'azur du ciel prenait des teintes mourantes, au-dessus des cyprès, les premières étoiles clignotaient faiblement. En ville, les rues s'illuminaient. Le soleil couchant les teintait de pourpre. Il semblait que chaque pierre retenait ses rayons pour fêter l'aube du lendemain dans une explosion de lumière. Les chemins, couverts d'une poussière de safran, rougeoyaient par endroits comme les braises d'un feu de bois.

Les cloches des églises sonnèrent l'angélus les unes après les autres. La journée finissait. Tempera découvrait l'aube de la vie.

Des pas firent crisser le gravier derrière elle. Elle ne se retourna pas. Déjà, elle était baignée par le bonheur de la présence de l'être aimé.

– Est-ce un rêve, murmura le Duc. Allez-vous vous évanouir et disparaître si je m'approche davantage?

Tempera se retourna, en souriant. Il était là, plus beau encore que dans son souvenir, plus grand, plus fort aussi. Poussée par un élan irrésistible, elle se jeta dans ses bras. Submergé de bonheur, il murmura :

– Comme je vous aime, si vous saviez! Ces jours où nous avons été séparés n'en finissaient pas.

Il lui prit les lèvres dans un baiser passionné. Lorsqu'il se redressa, il passa un bras autour de ses épaules et l'attira jusqu'à la balustrade qui dominait Rome. Le Duc serra sa fiancée contre lui, étreint par la beauté de cette ville qu'ils aimaient tous les deux.

– Demain, nous assisterons au mariage de votre belle-mère, ensuite, nous nous occuperons du nôtre!

– Demain?

– Je ne peux plus attendre. Nous passerons notre lune de miel en Italie, nous visiterons ensemble les musées et je vous emmènerai voir les toiles les plus célèbres dont votre père vous a parlé.

– Ce sera merveilleux : voir avec vous tout ce que j'aime et que vous aimez aussi!

– Nous irons à Florence. Sur le chemin du retour, nous nous arrêterons à Paris pour voir l'original de « votre portrait » au Louvre.

Tempera sourit :

– J'avais dix ans lorsque papa me l'a montré! Mais c'était son amour de père qui lui faisait voir une ressemblance entre cet ange et moi.

Le Duc l'embrassa avec beaucoup de douceur :

– Je n'étais guère plus âgé que vous lorsque mon père m'a emmené au Louvre avec une bande de garnements, mes cousins. Un peintre connu nous servait de guide. Il nous a proposé à chacun de choisir une toile. Il en ferait une copie que nous pourrions suspendre dans notre chambre.

Tempera retint son souffle. Elle devinait la suite.

– Mes cousins se décidèrent pour des scènes de batailles dans l'ensemble sauf un qui désigna la *Naissance de Diane* par Boucher.

Le Duc effleura la joue de Tempera :

– Devinez celle que j'ai choisie?

– Celle que vous avez dans votre bureau!

– Oui! Je m'étais planté devant le tryptique de Léonard de Vinci. Antonio, le peintre, grommelait : « Mais c'est énorme, il me faudra des mois! » Je me suis tourné vers mon père : « Je ne veux pas tout, rien que l'ange » Mon père m'a demandé pourquoi et j'ai répondu qu'il représentait pour moi toute la beauté du monde.

En prononçant ces mots, le Duc serra Tempera contre lui :

— Je n'aurai pas assez de ma vie pour vous dire combien je vous trouve jolie, ma chérie, et combien je suis reconnaissant au destin qui m'a mis sur votre route. Lorsque je vous ai vue pour la première fois dans le parc, je croyais rêver. Je voyais devant moi cet ange que Vinci avait peint il y a cinq cents ans!

— Moi aussi, je vous ai aimé dès le premier jour! Mais, je n'osais me l'avouer. Quand je vous ai revu, le soir où je m'étais réfugiée sur la falaise, j'ai senti que les mots étaient inutiles. Vous ne me touchiez pas et cependant j'avais l'impression que vous me serriez étroitement contre vous.

Elle rougit en osant lui faire cet aveu et voulut se cacher le visage contre lui. Mais il l'en empêcha et lui releva tendrement le menton pour la regarder :

— Tempera, quel bonheur de vous avoir

rencontrée. Il est vrai que nous avons à peine besoin des mots pour nous comprendre car je devine vos sentiments et je partage vos désirs et vos pensées.

Elle pensait à lord Eustace et à la mort abominable à laquelle le Duc l'avait arrachée :

— Comment êtes-vous arrivé juste à temps pour me sauver lorsque lord Eustace m'écrasait les doigts sur le rebord de la fenêtre pour me faire lâcher prise?

— J'étais allé me coucher mais je n'arrivais pas à trouver le sommeil. Ce n'était pas la première fois que je passais une partie de la nuit à penser à vous. Soudain, j'ai eu un pressentiment très étrange et très fort : j'ai eu l'impression que vous m'appeliez. J'ai su que vous couriez un terrible danger, je me suis levé et je suis parti à votre recherche.

— J'étais persuadé que vous n'éprouviez que du mépris pour moi après m'avoir vue sortir de la chambre de ce triste individu, murmura Tempera.

— Pardonnez-moi, mon amour, mais pendant un instant, j'ai été aveuglé par la jalousie. Vous l'avez lue dans mon regard. Vous vous êtes enfuie, mais je savais que je vous retrouverais où que vous vous cachiez.

– Vous ne m'auriez pas trouvée!

– Rien n'aurait pu m'en empêcher!

Il effleura les lèvres de Tempera avant de terminer :

– J'ai tout compris lorsque le Comte de Caravargio est venu me dire que lord Eustace rôdait dans les salons. J'ai deviné que vous aviez découvert vous aussi que l'on avait substitué des copies à certains originaux. Cela expliquait votre présence dans la tour : vous y faisiez votre enquête.

– J'ai d'abord cru qu'il n'y avait qu'un seul faux : *la Madone à l'Église!*

– C'est miraculeux que vous vous en soyez rendue compte. Vincenzo assure que la copie est excellente et que beaucoup d'experts s'y seraient trompés!

– Je me suis fiée à mon instinct plus qu'à mes connaissances. Le courant ne passait plus, la toile ne me parlait plus...

– C'est tout de même étonnant. Le Comte, lui, avait découvert le faux Raphaël et le faux Cristus.

– Mais comment saviez-vous que lord Eustace était le coupable?

– Personne d'autre, à part vous, ma chérie, n'avait besoin d'argent!

– Vous ne m'avez pas soupçonnée?

– Pas un instant! Vous, une voleuse? Avec ce visage! Ah, non. On ne m'aurait jamais persuadé d'une chose pareille.

Tempera rougit et demanda :

– Et ensuite?

– Avec Vincenzo, nous avons décidé de prendre lord Eustace sur le fait. Tant que nous n'avions pas de preuves, il pouvait nier. Nous nous doutions qu'il avait déjà exécuté une partie de son plan, mais nous pensions que son avidité le pousserait à venir chercher d'autres toiles.

– Il n'avait que trois copies avec lui, fit remarquer Tempera.

– Nous l'ignorions complètement. Je l'ai appris depuis, grâce à vous. Nous l'avons surveillé, nous avons attendu qu'il descende, nous l'avons suivi.

– Et vous m'avez sauvée!

– Mais quelle folle imprudence de votre part, ma chérie! Quand je pense que j'ai failli vous perdre. Une seconde de plus, ah! je n'aurais pu le supporter.

Sa voix se cassa. Il poussa un rugissement désespéré. Puis il l'embrassa follement, comme s'il voulait se persuader qu'elle était bien vivante, contre lui. Tempera partagea cet élan passionné. Un élan irrésistible la poussait vers lui.

Il prolongea son baiser. Elle fondait de plaisir.

Il se détacha d'elle pour murmurer :

– Demain vous serez mienne, ce sera notre nuit de noces. Nous serons enfin mari et femme, nous appartiendrons corps et âme!

– Je veux être à vous!

– Je ne pouvais rêver d'une union plus parfaite, mon cher amour. Non seulement vous êtes belle, de cette beauté que je cherche depuis mon enfance, non seulement je vous désire follement mais nous éprouvons tous les deux une même humilité devant les chefs-d'œuvre, nous cherchons à les comprendre, à deviner leurs messages, n'est-ce pas, mon amour?

Après l'avoir ainsi interrogée et, comme il connaissait la réponse, il ne lui laissa pas le temps de dire un mot et lui prit à nouveau les lèvres.

Tempera ferma les yeux. Elle aimait totalement, de tout son corps et de toute son âme, cet homme qu'elle allait épouser.

Cet ouvrage a été réalisé sur
Système Cameron
par la SOCIÉTÉ NOUVELLE FIRMIN-DIDOT
Mesnil-sur-l'Estrée
pour le compte des Éditions de Trévise
le 22 septembre 1986

Imprimé en France
Dépôt légal : octobre 1986
Nº d'édition : 86123/2815 – Nº d'impression : 4802